Rudolf Reichhardt

Rübezahl

Deutsche Volksmärchen vom Berggeist
und Herrn des Riesengebirges

Rudolf Reichhardt: Rübezahl. Deutsche Volksmärchen vom Berggeist und Herrn des Riesengebirges

Erstdruck: Berlin, Meidingers Jugendschriften Verlag, 1920

Neuausgabe
Herausgegeben von Karl-Maria Guth
Berlin 2017

Umschlaggestaltung von Thomas Schultz-Overhage unter Verwendung des Bildes: Buchillustration von Eugen Siegert, »Ach, der schwarze Mann, dort lauscht er hinter jenem Baume vor.«

Gesetzt aus der Minion Pro, 11 pt

Verlag: Henricus - Edition Deutsche Klassik GmbH
Mörchinger Str. 33, 14169 Berlin, info@henricus-verlag.de
Druck: Libri Plureos GmbH, Friedensallee 273, 22763 Hamburg

ISBN 978-3-7437-0399-5

Bibliografische Information der Deutschen Nationalbibliothek

Die Deutsche Nationalbibliothek verzeichnet diese Publikation in der Deutschen Nationalbibliografie; detaillierte bibliografische Daten sind im Internet über www.dnb.de abrufbar.

Inhalt

1. Rübezahl, der Berggeist und Herr des Riesengebirges 4
2. Rübezahls erste Bekanntschaft mit den Menschen 5
3. Wie Rübezahl zu seinem Namen kam 6
4. Rübezahl und der Schneider Benedix 18
5. Rübezahl und der Bauer Veit 29
6. Der kleine Peter 38
7. Glaser Steffen und sein Weib Ilse 43
8. Susi und der Kräutermann 55
9. Der geizige Bäcker 60
10. Das sonderbare Wirtshaus 63
11. Der Hexenstab 67
12. Der arme Weberlieb 69
13. Wünsche nicht zuviel 74
14. Fischbach 82
15. Meister Meckerling 86
16. Gräfin Cäcilie 88

1. Rübezahl, der Berggeist und Herr des Riesengebirges

Im Südosten unseres lieben deutschen Vaterlandes breitet sich ein Gebirge aus, das man seiner großartigen Naturbeschaffenheit und seiner Ausdehnung halber das Riesengebirge nennt. Es bildet einen Teil der Sudeten und scheidet Schlesien von Böhmen und Mähren. Mächtige Berge, wie die Riesen- oder Schneekoppe, das Hohe Rad und die Sturmhaube, ragen weit in die Wolken hinein, und zwischen den felsigen Höhen haben starke Flüsse, z. B. die Elbe und der Bober, ihren Ursprung. In diesem Gebirge haust, wie sich das Volk erzählt, ein Gnom oder Geist, der sich selbst als den »Herrn oder Berggeist des Gebirges« bezeichnet, vom neckenden Volksmunde aber »Rübezahl« genannt wird.

Der Fürst der Berggeister besitzt zwar auf der Oberfläche der Erde nur ein kleines Gebiet von wenig Meilen im Umfang, mit einer Kette von Bergen umschlossen; aber wenige Klafter unter der urbaren Erdrinde hebt seine Alleinherrschaft an, die ihm niemand schmälern kann, und erstreckt sich auf achthundertsechzig Meilen in die Tiefe bis zum Mittelpunkt der Erde. Zuweilen gefällt es dem unterirdischen Herrscher, seine weitgedehnten Gebiete der Unterwelt zu durchkreuzen, die unerschöpflichen Schatzkammern edler Metalle und Flötze zu beschauen, die Knappschaft der gnomenhaften Bergleute zu mustern und in Arbeit zu setzen, teils um die Gewalt der Feuerströme durch feste Dämme aufzuhalten, teils um taubes Gestein in edles umzuwandeln. Zuweilen entschlägt er sich aller unterirdischen Regierungssorgen, erhebt sich zur Erholung auf die Grenzfeste seines Gebietes und hat sein Wesen auf dem Riesengebirge. Dann treibt er in frohem Übermute sein Spiel und Spott mit den Menschenkindern; denn Freund Rübezahl, müßt ihr wissen, hat eine sonderbare Natur. Er ist bald launisch, ungestüm, unbescheiden; bald stolz, eitel, wankelmütig, heute der wärmste Freund, morgen fremd und kalt; zuzeiten gutmütig, edel und empfindsam, aber mit sich selbst in stetem Widerspruch, töricht und weise, oft weich und hart in zwei Augenblicken, wie ein Ei, das in siedendes Wasser fällt; schalkhaft und bieder, störrisch und beugsam, je nach der Stimmung, welche ihn gerade beherrscht.

Vor uralten Zeiten schon toste Rübezahl im wilden Gebirge, hetzte Bären und Auerochsen aufeinander, daß sie zusammen kämpften, oder scheuchte mit unheimlichem Getöse das scheue Wild vor sich her und stürzte es von den steilen Felsenklippen hinab ins tiefe Tal. Dieser Jagden müde, zog er wieder seine Straße durch die weiten Gebiete der Unterwelt und weilte da Jahrhunderte, bis ihn von neuem die Lust anwandelte, sich an die Sonne zu legen und sich des Anblicks der äußeren Schöpfung zu erfreuen. Wie nahm's ihn wunder, als er einst bei seiner Rückkehr auf die Oberwelt, von dem beschneiten Gipfel des Riesengebirges umherschauend, die Gegend ganz verändert fand! Die düsteren, undurchdringlichen Wälder waren ausgerodet und in fruchtbare Ackerfelder verwandelt, wo reiche Ernten reiften. Zwischen den Pflanzungen blühender Obstbäume ragten die Strohdächer geselliger Dörfer hervor, aus deren Schornsteinen friedlicher Hausrauch in die Luft wirbelte; hier und da stand eine einsame Warte auf dem Abhange eines Berges zu Schutz und Schirm des Landes; in den blumenreichen Auen weideten Schaf- und Kuhherden und aus den lichtgrünen Wäldern tönten melodische Schalmeien.

2. Rübezahls erste Bekanntschaft mit den Menschen

Die Neuheit der Sache und die Annehmlichkeiten des ersten Anblicks ergötzten den verwunderten Landesherrn so sehr, daß er über die eigenmächtigen Ackerbauer, die ohne seine Erlaubnis und Einwilligung hier wirtschafteten, nicht unwillig ward, auch nicht in ihrem Tun und Treiben sie zu stören begehrte, sondern sie so ruhig im Besitz ihres angemaßten Eigentums ließ, wie ein gutmütiger Hausvater der geselligen Schwalbe oder selbst dem überlästigen Spatz unter seinem Obdach Aufenthalt gestattet. Er ward sogar willens, mit den Menschen Bekanntschaft zu machen, ihre Art und Natur zu erforschen und mit ihnen Umgang zu pflegen. Daher nahm er die Gestalt eines rüstigen Ackerknechtes an und verdingte sich bei dem ersten besten Landwirt in Arbeit. Alles, was er unternahm, gedieh wohl unter seiner Hand und Rips, der Ackerknecht, war für den besten Arbeiter im Dorfe bekannt. Aber sein Brotherr war ein Prasser und Schlemmer, der den

Erwerb des treuen Knechtes verschwendete und für seine Mühe und Arbeit wenig Dank wußte; darum schied er von ihm und kam zu dessen Nachbar, der ihm seine Schafherde anvertraute; er wartete dieser fleißig, trieb sie in Einöden und auf steile Berge, wo gesunde Kräuter wuchsen. Die Herde gedieh gleichfalls unter seiner Hand, kein Schaf stürzte vom Felsen herab und keins zerriß der Wolf. Aber sein Brotherr war ein karger Filz, der seinen treuen Knecht nicht lohnte, wie er sollte; denn er stahl den besten Widder aus der Heide und kürzte dafür den Hirtenlohn. Darum entlief er dem Geizhals und diente dem Dorfrichter. Hier bewährte er sich bei Ergreifung der Diebe und Überwachung der Gesetze. Aber der Richter war ein ungerechter Mann, richtete nach Gunst und spottete der Gesetze. Weil Rips nun nicht das Werkzeug der Ungerechtigkeit sein wollte, kündigte er dem Richter den Dienst auf und ward in den Kerker geworfen, aus welchem er jedoch auf dem gewöhnlichen Wege der Geister, durchs Schlüsselloch, leicht einen Ausgang fand.

Dieser erste Versuch, die Menschen kennen zu lernen, konnte ihn unmöglich zur Menschenliebe erwärmen; er kehrte mit Verdruß auf seine Felsenzinne im Gebirge zurück, überschaute da die lachenden Gefilde, welche menschlicher Fleiß verschönert hatte, und wunderte sich, daß die Mutter Natur ihre Spenden an solche undankbaren Geschöpfe verlieh. Demungeachtet wagte er noch einen Versuch, die Menschen zu beobachten, schlich unsichtbar herab ins Tal und näherte sich den menschlichen Wohnstätten.

3. Wie Rübezahl zu seinem Namen kam

So lauschte eines Tages Rübezahl, hinter Busch und Hecken verborgen, als plötzlich die Gestalt eines anmutigen Mädchens vor ihm stand. Rings um sie hatten sich ihre Gespielinnen ins Gras gelagert an einen Wasserfall, der seine Silberflut in ein kunstloses Becken goß, und scherzten mit ihrer Gebieterin in unschuldvoller Fröhlichkeit. Dieser Anblick wirkte so wundersam auf den lauschenden Berggeist, daß er seiner geistigen Natur und Eigenschaft vergaß und das Los der Sterblichen wünschte, um nach Art der Menschen zu empfinden. Deshalb verwandelte er sich in einen schwarzen Kolkraben und schwang sich auf einen hohen Eschenbaum, der das Wasserbecken überschattete, um das anmutsvolle Schauspiel zu genießen. Doch dieser Plan war nicht zum besten ausgedacht; er sah alles mit Rabenaugen und empfand als Rabe; ein Nest Waldmäuse hatte jetzt für ihn mehr Anziehendes als das Mädchen, denn die Seele wirkt in ihrem Denken und Wollen nie anders als in Gemäßheit des Körpers, der sie umgibt.

Diese Bemerkung war ebenso schnell gemacht, als der Fehler auch verbessert war; der Rabe flog ins Gebüsch und verwandelte sich in einen blühenden Jüngling. Das war der rechte Weg.

Die schöne Maid war die Tochter des schlesischen Fürsten, der in der Gegend des Riesengebirges damals herrschte. Sie pflegte oft mit den Jungfrauen ihres Hofes in den Hainen und Gebüschen des Gebirges zu lustwandeln, Blumen und duftende Kräuter zu sammeln oder für die Tafel ihres Vaters ein Körbchen Waldkirschen oder Erdbeeren zu pflücken und, wenn der Tag heiß war, sich bei der Felsenquelle am Wasserfalle zu erfrischen und darin zu baden. Von diesem Augenblick an war der Berggeist an diesen Ort wie gebannt und täglich harrte er der Wiederkehr der fröhlichen Gesellschaft.

In der Mittagsstunde eines schwülen Sommertages besuchte sie wieder mit ihrem Gefolge die kühlen Schatten am Wasserfalle. Ihre Verwunderung war groß, als sie den Ort ganz verändert fand; die rohen Felsen waren mit Marmor und Alabaster bekleidet, das Wasser stürzte nicht mehr in einem wilden Strom von der steilen Bergwand, sondern rauschte, durch viele Abstufungen gebrochen, mit sanftem Gemurmel in ein weites Marmorbecken herunter, aus dessen Mitte ein rascher Wasserstrahl emporschoß und, in einen dichten Platzregen verwandelt, den ein laues Lüftchen bald auf diese, bald auf jene Seite warf, in den Wasserbehälter zurückplätscherte. Sternblumen, Lilien und Vergißmeinnicht blühten an dessen Rande, Rosenhecken, mit Jasmin und Silberblüten durchwunden, zogen sich in einiger Entfernung durch den Raum dahin. Rechts und links des Springbrunnens öffnete sich der doppelte Eingang einer prächtigen Grotte, deren Wände und Bogengewölbe in buntfarbiger Bekleidung prangten, von Bergkristall und Frauenglas, alles funkelnd und flimmernd, daß der Abglanz davon das Auge blendete. In verschiedenen Nischen waren die mannigfaltigsten Erfrischungen aufgetischt, deren Anblick zum Genuß einlud.

Die Prinzessin stand lange in stummer Verwunderung da und wußte nicht, ob sie ihren Augen trauen, diesen bezauberten Ort betreten oder fliehen sollte. Aber sie konnte der Begierde nicht widerstehen, alles zu beschauen und von den herrlichen Früchten zu kosten, die für sie aufgetragen zu sein schienen. Nachdem sie sich mit ihrem Gefolge genug belustigt und alles fleißig durchmustert hatte, kam sie Lust an, in dem Wasserbecken zu baden.

Kaum aber war die liebliche Prinzessin über den glatten Rand des Beckens hinabgeschlüpft, so sank sie in eine endlose Tiefe, obgleich der betrügliche Silberkies, der aus dem seichten Grund hervorschien, keine Gefahr vermuten ließ. Schneller als die herzueilenden Jungfrauen das goldgelbe Haar der blonden Gebieterin erfassen konnten, hatte die gierige Flut sie schon in die Tiefe gezogen. Laut klagte die bange Schar der erschrockenen Mädchen, als die Herrin vor ihren sichtlichen Augen dahinschwand; sie rangen und wanden die schneeweißen Hände und liefen ängstlich am marmornen Gestade hin und her, indes der Springbrunnen sie recht geflissentlich mit einem Platzregen nach dem andern übergoß. Doch wagte es keine, der Entschwundenen nachzuspringen, außer Brünhild, ihrer liebsten Gespielin, die nicht säumte, sich in den grundlosen Wirbelstrom zu stürzen, gleiches Schicksal mit ihrer geliebten Gebieterin erwartend. Aber sie schwamm wie ein leichter Kork auf dem Wasser und trotz aller Versuche war sie nicht imstande, unterzutauchen.

Hier war kein anderer Rat, als dem König das Unglück seiner Tochter mitzuteilen. Wehklagend begegneten ihm die zagenden Mädchen, als er eben mit seinem Jagdgefolge in den Wald zog. Der König zerriß sein Kleid vor Betrübnis und Entsetzen, nahm die goldene Krone vom Haupte, verhüllte sein Angesicht mit dem Purpurmantel und beklagte laut den Verlust seiner schönen Tochter Emma.

Nachdem er der Vaterliebe den ersten Tränenzoll entrichtet hatte, stärkte er seinen Mut und machte sich auf, um den wunderbaren Wasserfall selbst zu beschauen. Aber der Zauber war verschwunden, die rohe Natur stand wieder da in ihrer vorherigen Wildheit; da war keine Grotte, kein Marmorbad, kein Rosengehege, keine Jasminlaube. Der gute König ahnte zum Glück nicht eine Verführung seiner Tochter, sondern er nahm den Bericht der Mädchen auf Treu und Glauben an und meinte, einer der Götter sei bei dieser wunderbaren Begebenheit mit im Spiel gewesen, setzte darauf die Jagd fort und tröstete sich bald über seinen Verlust. Unterdessen befand sich die liebreizende Emma in des Berggeistes Schlosse nicht übel. Er hatte sie durch eine geschickte Versenkung nur den Augen ihres Gefolges entzogen und führte sie durch einen unterirdischen Weg in einen prächtigen Palast, zu welchem die väterliche Residenz in keinem Vergleich stand. Als sich die Lebensgeister der Prinzessin wieder erholt hatten, befand sie sich auf einem gewöhnlichen Sofa, angetan mit einem Gewand von rosenfarbener Seide und einem glänzenden lichtblauen Gürtel. Ein Jüngling mit hübschem Antlitz lag zu ihren Füßen und gestand ihr seine Liebe. Der Berggeist – denn er war es – unterrichtete sie hierauf von seinem Stand und seiner Herkunft, von den unterirdischen Staaten, die er beherrschte, führte sie durch die Zimmer und Säle des Schlosses und zeigte ihr dessen Pracht und Reichtum. Ein herrlicher Lustgarten, der mit seinen Blumenanlagen und Rasenplätzen dem Fräulein ganz besonders zu behagen schien, umgab das Schloß von drei Seiten. Alle Obstbäume trugen purpurrote, mit Gold gesprenkelte oder zur Hälfte übergoldete Apfel, wie sie kein Gärtner zu ziehen vermag. Das Gebüsch war mit Singvögeln angefüllt, die ihre hundertstimmigen Lieder munter erschallen ließen. In den traulichen Bogengängen lustwandelte das Paar; sein Blick hing an ihren Lippen und mit Freuden hörte er ihre lieblichen Worte.

Nicht gleiche Wonne empfand die reizende Emma; ein gewisser Trübsinn lag auf ihrer Stirn und offenbarte genugsam, daß geheime Wünsche in ihrem Herzen verborgen lagen, die mit den seinigen nicht übereinstimmten. Er machte gar bald diese Entdeckung und bestrebte sich, durch tausend Liebesbeweise diese Wolken zu zerstreuen und die Prinzessin aufzuheitern; doch vergebens. Der Mensch – so dachte er bei sich selbst – ist gesellig wie die Biene und die Ameise, der schönen Sterblichen gebricht's an Unterhaltung. Wem soll sich das Mädchen mitteilen? Für wen ihren Putz ordnen, mit wem darüber zu Rate gehen? Da kam ihm ein glücklicher Einfall. Flugs ging er hinaus auf das Feld, zog auf einem Acker ein Dutzend Rüben aus, legte sie in einen zierlich geflochtenen Korb und brachte diesen der schönen Emma, welche einsam in der schattigen Laube eine Rose entblätterte.

»Schönste der Erdentöchter«, redete sie der Berggeist an, »verbanne allen Trübsinn aus deiner Seele und öffne dein Herz der geselligen Freude, du sollst nicht mehr in meinem Heim einsam trauern. In diesem Korbe ist alles, was du bedarfst, diesen Aufenthalt dir angenehm zu machen. Nimm den kleinen buntgeschälten Stab und gib durch die Berührung mit ihm den Gewächsen im Korbe die Gestalten, welche dir gefallen.«

Hierauf verließ er die Prinzessin und sie zögerte nicht einen Augenblick, mit dem Zauberstabe nach Vorschrift zu verfahren, nachdem sie den Korb geöffnet hatte. »Brünhilde«, rief sie, »liebe Brünhilde, erscheine!« Und Brünhilde lag zu ihren Füßen, umfaßte die Knie ihrer Gebieterin, benetzte ihren Schoß mit Freudentränen und liebkoste sie freundlich, wie sie sonst zu tun pflegte. Die Täuschung war so vollkommen, daß Emma selbst nicht wußte, was sie von ihrer Schöpfung halten sollte; ob sie die wahre Brünhilde hingezaubert hatte, oder ob ein Blendwerk das Auge betrog. Sie überließ sich indessen ganz den Empfindungen der Freude, ihre liebste Gespielin um sich zu haben, lustwandelte mit ihr Hand in Hand im Garten, ließ sie dessen herrliche Anlagen bewundern und pflückte ihr goldgesprenkelte Äpfel von den Bäumen. Hierauf führte sie ihre Gespielin durch alle Zimmer im Palast, bis in die Kleiderkammer, wo sie soviel Unterhaltung fanden, daß sie bis zum Abend darin verweilten. Alle Schleier, Gürtel, Spangen wurden gemustert und anprobiert. Brünhilde wußte sich dabei so gut zu benehmen und zeigte so viel Geschmack in der Wahl und Anordnung des weiblichen Putzes, daß, wenn sie ihrer Natur und Wesen nach nichts als eine Rübe war, ihr niemand den Ruhm absprechen konnte, die Krone ihres Geschlechts zu sein.

Der spähende Berggeist war entzückt über den tiefen Blick, den er in das weibliche Herz getan hatte, und freute sich über den glücklichen Fortgang in der Menschenkenntnis. Die Prinzessin dünkte ihm jetzt schöner, freundlicher und heiterer zu sein als jemals. Sie unterließ nicht, ihren ganzen Rübenvorrat mit dem Zauberstabe zu beleben, gab ihnen die Gestalt der Jungfrauen, die ihr vordem aufzuwarten pflegten, und weil noch zwei Rüben übrig waren, so verwandelte sie die eine in eine Cyperkatze und aus der anderen schuf sie ein niedliches Hündchen.

Sie richtete nun ihren Hofstaat wieder ein, teilte einer jeden der aufwartenden Dienerinnen ein gewisses Geschäft zu und nie wurde eine Herrschaft besser bedient. Die Mädchen kamen ihren Wünschen zuvor, gehorchten auf den Wink und vollstreckten ihre Befehle ohne den mindesten Widerspruch. Einige Wochen genoß sie die Wonne des gesellschaftlichen Vergnügens ungestört; Reihentänze, Sang und Saitenspiel wechselten in dem Schlosse des Berggeistes vom Morgen bis zum Abend; nur merkte die Prinzessin nach Verlauf einiger Zeit, daß die frische Gesichtsfarbe ihrer Gesellschafterinnen etwas abbleichte. Der Spiegel im Marmorsaal ließ sie zuerst bemerken, daß sie allein wie eine Rose aus der Knospe hervorblühte, während die geliebte Brünhild und die übrigen Jungfrauen welkenden Blumen glichen; gleichwohl versicherten alle, daß sie sich wohl befänden, und der freigebige Berggeist ließ sie an seiner Tafel auch keinen Mangel leiden. Dennoch zehrten sie sichtbar ab, Leben und Tätigkeit schwand von Tag zu Tag mehr dahin und alles Jugendfeuer erlosch.

Als die Prinzessin an einem heiteren Morgen, durch gesunden Schlaf gestärkt, fröhlich ins Gesellschaftszimmer trat, wie schauderte sie zurück, als ihr ein Haufen eingeschrumpfter Matronen an Stäben und Krücken entgegenzitterte, mit Keuchhusten beladen, unvermögend, sich aufrecht zu erhalten. Das schäkernde Hündchen hatte alle viere von sich gestreckt und der schmeichelnde Cyper konnte sich vor Kraftlosigkeit kaum noch bewegen. Bestürzt eilte die Prinzessin aus dem Zimmer, der schaudervollen Gesellschaft zu entfliehen, trat hinaus auf den Söller und rief laut den Berggeist, welcher alsbald in demütiger Stellung auf ihr Geheiß erschien.

»Boshafter Geist«, redete sie ihn zornig an, »warum mißgönnst du mir die einzige Freude meines harmlosen Lebens, die Gesellschaft meiner ehemaligen Gespielinnen? Ist die Einöde nicht genug, mich zu quälen, willst du sie noch in ein Krankenhaus verwandeln? Augenblicklich gib meinen Mädchen Jugend und Wohlgestalt wieder, oder Haß und Verachtung soll deinen Frevel rächen.« »Schönste der Erdentöchter«, erwiderte der Berggeist, »zürne nicht über die Gebühr. Alles, was in meiner Gewalt ist, steht in deiner Hand, aber das Unmögliche fordere nicht von mir. Die Kräfte der Natur gehorchen mir, doch vermag ich nichts gegen ihre unwandelbaren Gesetze. Solange Saft und Kraft in den Rüben war, konnte der Zauberstab ihr Pflanzenleben nach deinem Gefallen verwandeln; aber ihre Säfte sind nun vertrocknet und ihr Wesen neigt sich nach der Zerstörung hin, denn der belebende Geist ist verraucht. Jedoch das soll dich nicht kümmern: ein frisch gefüllter Korb kann den Schaden leicht ersetzen; du wirst daraus alle die Gestalten wieder hervorrufen, die du begehrst. Gib jetzt der Mutter Natur ihre Geschenke zurück, die dich so angenehm unterhalten haben, auf dem großen Rasenplatz im Garten wirst du bessere Gesellschaft finden.« Der Berggeist entfernte sich darauf und Prinzessin Emma nahm ihren buntgeschälten Stab zur Hand, berührte damit die gerunzelten Weiber, las die eingeschrumpften Rüben zusammen und tat damit, was Kinder, die eines Spielzeuges müde sind, zu tun pflegen: sie warf den Plunder in den Kehricht und dachte nicht mehr daran. Leichtfüßig hüpfte sie über die grünen Matten dahin, den frisch gefüllten Korb in Empfang zu nehmen, den sie aber nirgends fand. Sie ging in dem Garten auf und nieder und spähte umher, aber es wollte kein Korb zum Vorschein kommen. Am Traubengeländer kam ihr der Berggeist entgegen mit so sichtbarer Verlegenheit, daß sie seine Bestürzung schon von ferne wahrnahm.

»Du hast mich getäuscht«, sprach sie, »wo ist der Korb geblieben? Ich suche ihn schon seit einer Stunde vergebens.«

»Holde Gebieterin meines Herzens«, antwortete der Geist, »wirst du mir meinen Unbedacht verzeihen? Ich versprach mehr, als ich geben konnte, ich habe das Land durchzogen, Rüben aufzusuchen, aber sie sind längst geerntet und welken in dumpfigen Kellern. Die Fluren trauern, unten im Tal ist's Winter, nur deine Gegenwart hat den Frühling an diesen Felsen gefesselt und unter deinem Fußtritte sprossen Blumen hervor. Harre nur drei Monate in Geduld aus, dann soll dir's nie an Gelegenheit gebrechen, mit deinen Puppen zu spielen.«

Ehe noch der Berggeist mit dieser Rede zu Ende war, drehte ihm Prinzessin Emma den Rücken zu und begab sich in ihr Zimmer, ohne ihn einer Antwort zu würdigen. Er aber hob sich von dannen in die nächste Marktstadt innerhalb seines Gebietes, kaufte, als ein Pachter gestaltet, einen Esel, den er mit schweren Säcken Sämereien belud, und besäte damit einen ganzen Morgen Landes. Dabei bestellte er einen seiner dienstbaren Geister als Hüter, dem er aufgab, ein unterirdisches Feuer anzuschüren, um die Saat von unten herauf mit linder Wärme zu treiben, wie Ananaspflanzen in einem Treibhause.

Die Rübensaat schoß lustig auf und versprach in kurzer Zeit eine reiche Ernte; Fräulein Emma ging täglich hinaus auf ihr Ackerfeld, welches zu besehen sie mehr lüstete als die goldenen Äpfel in ihrem Garten. Aber Mißmut trübte ihre Augen. Sie weilte am liebsten in einem düsteren Tannenwäldchen am Rande eines Quellbaches, der sein silberhelles Gewässer ins Tal rauschen ließ, und warf Blumen hinein, die in den Odergrund hinabflossen.

Der Berggeist sah wohl, daß bei allem Bestreben, durch tausend kleine Gefälligkeiten der schönen Emma Herz zu gewinnen, kein Erfolg zu erwarten war. Trotzdem ermüdete seine hartnäckige Geduld nicht, ihren spröden Sinn zu überwinden. Er war zu unerfahren in der Menschenkenntnis, daß er sich keine Vorstellung von der wahren Ursache der Widerspenstigkeit der Prinzessin machen konnte. Er war der Meinung, sie gehöre nach allen Rechten ihm als dem ersten Besitznehmer.

Doch das war ein großer Irrtum. Ein junger Grenznachbar an den Gestaden der Oder, Fürst Ratibor, hatte bereits das Herz der holden Emma gewonnen. Schon sah das glückliche Paar dem Tage seiner Hochzeit entgegen, als die Braut mit einmal verschwand. Diese Nachricht versetzte den jungen Fürsten in große Aufregung. Er verließ seine Residenz, zog menschenscheu in einsamen Wäldern umher und klagte den Felsen sein Unglück. Die treue Emma seufzte unterdessen ihren geheimen Gram in dem anmutigen Gefängnis aus; sie bezwang aber ihre Gefühle im Herzen so, daß der spähende Geist nicht enträtseln konnte, was für Empfindungen sich darin regten. Lange schon hatte sie darauf gesonnen, wie sie ihn überlisten und aus der lästigen Gefangenschaft entfliehen möchte. Nach mancher durchwachten Nacht sann sie endlich einen Plan aus, der des Versuchs würdig schien, ihn auszuführen.

Der Lenz kehrte in die Gebirgstäler zurück, der Berggeist ließ das unterirdische Feuer in seinem Treibhaus ausgehen und die Rüben, welche durch die Einflüsse des Winters in ihrem Wachstum nicht gehindert worden waren, gediehen zur Reife. Die schlaue Emma zog täglich einige davon aus und machte damit Versuche, ihnen allerlei beliebige Gestalten zu geben, dem Anschein nach, um sich damit zu belustigen; aber ihre Absicht ging weiter. Sie ließ eines Tages eine kleine Rübe zur Biene werden, um sie abzuschicken, Kundschaft von ihrem Verlobten einzuziehen. »Flieg', liebes Bienchen«, sprach sie, »gegen Sonnenaufgang zu Ratibor, dem Fürsten des Landes, und summe ihm sanft ins Ohr, daß Emma noch für ihn lebt, aber eine Sklavin ist des Geistes vom Gebirge, verlier' kein Wort von diesem Gruße und bring' mir Botschaft von seiner Liebe.« Die Biene flog alsbald vom Finger ihrer Gebieterin, wohin sie beordert war; aber kaum hatte sie ihren Flug begonnen, so schoß eine gierige Schwalbe auf sie herab und verschlang zum großen Leidwesen der Prinzessin die Botschafterin der Liebe. Darauf formte sie vermöge des wunderbaren Stabes eine Grille und gab ihr denselben Auftrag. »Hüpfe, kleine Grille, über das Gebirge zu Ratibor, dem Fürsten des Landes, und zirpe ihm ins Ohr, die getreue Emma begehre Lösung ihrer Bande durch seinen starken Arm.« Die Grille flog und hüpfte so schnell als sie konnte, auszurichten, was ihr befohlen war, aber ein langbeiniger Storch promenierte eben an dem Wege, welchen die Grille zog, erfaßte sie mit seinem langen Schnabel und versenkte sie in das Verlies seines weiten Kropfes.

Diese mißlungenen Versuche schreckten die entschlossene Emma nicht ab, einen neuen zu wagen; sie gab der dritten Rübe die Gestalt einer Elster. »Flieg' hin, beredsamer Vogel«, sprach sie, »von Baum zu Baum, bis du gelangst zu Ratibor, meinem Verlobten, erzähle ihm von meiner Gefangenschaft und gib ihm Bescheid, daß er meiner harre mit Rossen und Mannen, den dritten Tag von heute, an der Grenze des Gebirges, im Maiental, bereit, den Flüchtling aufzunehmen, der seine Ketten zu zerbrechen wagt und Schutz von ihm begehrt.« Die Elster gehorchte, flatterte von einem Ruheplatz zum andern und die sorgsame Emma begleitete ihren Flug, soweit das Auge trug. Der harmvolle Ratibor irrte noch immer trüben Sinnes in den Wäldern herum; die Rückkehr des Lenzes und die wiederauflebende Natur hatten seinen Kummer nur gemehrt. Er saß unter einer schattigen Eiche, dachte an seine Prinzessin und seufzte laut: Emma! Alsbald gab das vielstimmige Echo ihm diesen geliebten Namen schmeichelnd zurück; aber zugleich rief auch eine unbekannte Stimme den seinigen aus. Er horchte hoch auf, sah niemand, wähnte eine Täuschung und hörte den nämlichen Ruf wiederholen. Kurz darauf erblickte er eine Elster, die auf den Zweigen hin- und herflog, und vernahm, daß der geschwätzige Vogel ihn beim Namen rief. »Armer Schwätzer«, sprach er, »wer hat dich gelehrt, diesen Namen auszusprechen, der einem Unglücklichen zugehört, welcher wünscht, von der Erde vertilgt zu sein wie sein Gedächtnis?« Hierauf faßte er erregt einen Stein und wollte ihn nach dem Vogel schleudern, als dieser den Namen Emma hören ließ. Dies Zauberwort entkräftete den Arm des Prinzen; frohes Entzücken durchschauerte alle seine Glieder und in seiner Seele bebte es leise nach: Emma! Aber der Sprecher auf dem Baume begann mit der dem Elterngeschlecht eigenen Beredsamkeit den Spruch, den man ihm anvertraut. Fürst Ratibor vernahm kaum die fröhliche Botschaft, da ward's hell in seiner Seele; der tödliche Gram, der die Sinne gefangen hatte, verschwand; er kam wieder zu Gefühl und Besinnung und forschte mit Fleiß von der Glücksverkünderin nach dem Schicksal seiner Braut; aber die gesprächige Elster konnte nur ihr Sprüchlein ohne Aufhören wiederholen und flatterte davon. Schnellen Fußes eilte Ratibor zu seinem Hoflager zurück, rüstete eilig das Geschwader der Reisigen, bestieg sein Roß und zog mit ihnen hoffnungsfreudig zum Maientale, um das Abenteuer zu bestehen.

Emma hatte unterdessen mit weiblicher Schlauheit alles vorbereitet, ihr Vorhaben auszuführen. Sie ließ ab, den geduldigen Berggeist mit kränkender Kälte zu behandeln, ihr Auge sprach Hoffnung und ihr spröder Sinn schien beugsamer zu werden. Solche glücklichen Anzeichen ließ der Berggeist nicht ungenützt. Er erneuerte seine Werbung und wurde nicht zurückgewiesen. Den folgenden Morgen, kurz nach Sonnenaufgang, trat die schöne Emma, geschmückt wie eine Braut, hervor, mit allem Geschmeide beladen, das sich in ihrem Schmuckkästlein gefunden hatte. Ihr blondes Haar war in einen Knoten geschlungen, welchen eine Myrtenkrone überschattete, von welcher ein Schleier lang herabwallte; der Besatz ihres Kleides funkelte von Juwelen und als der harrende Berggeist auf der großen Terrasse im Lustgarten ihr entgegenwandelte, freute er sich dieses Anblickes.

»Himmlisches Mädchen«, stammelte er ihr entgegen, »verweigere mir nicht länger den bejahenden Blick, der mich zum glücklichsten Wesen macht, das jemals die Sonne bestrahlt hat.«

Die Prinzessin hüllte sich dichter in ihren Schleier und antwortete: »Vermag eine Sterbliche dir zu widerstehen, mein Gebieter? Deine Standhaftigkeit hat den Sieg davongetragen. Nimm dieses Geständnis von meinen Lippen, aber laß meine Tränen diesen Schleier verhüllen.«

»Warum Tränen, o Geliebte?« entgegnete ihr der beunruhigte Geist, »jede deiner Tränen fällt wie ein brennender Tropfen auf mein Herz, ich will nur deine Liebe, nicht aber Aufopferung.«

»Ach«, erwiderte Emma, »warum mißdeutest du meine Tränen? Mein Herz lohnt deine Freundschaft, aber bange Ahnung zerreißt meine Seele. Du alterst nimmer, aber irdische Schönheit ist eine Blume, die bald dahinwelkt. Woran soll ich erkennen, daß du ein liebevoller, gefälliger, duldsamer Gemahl sein werdest?«

Er antwortete: »Fordere einen Beweis meiner Treue oder des Gehorsams in Ausrichtung deiner Befehle, oder stelle meine Geduld auf die Probe und beurteile alsdann die Stärke meiner unwandelbaren Liebe.«

»Es sei also!« antwortete die schlaue Emma, »ich fordere nur einen Beweis deiner Gefälligkeit. Gehe hin und zähle die Rüben alle auf dem Acker; mein Hochzeitstag soll nicht ohne Zeugen sein, ich will sie beleben, damit sie mir zu Brautjungfrauen dienen; aber hüte dich, mich zu täuschen und verzähle dich nicht um eine, denn das ist die Probe, woran ich deine Treue prüfen will.«

So ungern sich der Berggeist in diesem Augenblicke von seiner lieblichen Braut trennte, so gehorchte er doch ohne Säumen, machte sich rasch an die Arbeit und hüpfte hurtig wie ein Star unter den Rüben herum. Er kam durch diese Geschäftigkeit mit seiner Zählung bald zustande; doch um der Sache recht gewiß zu sein, wiederholte er seine Rechnung nochmals und fand zu seinem Verdruß eine Abweichung bei Feststellung der Summen, welche ihn nötigte, zum dritten Male die Rübenhäupter durchzumustern. Aber diesmal ergab sich eine andere Summe.

Die schlaue Emma hatte nicht sobald den Berggeist aus den Augen verloren, als sie zur Flucht Anstalt machte. Sie hielt eine saftige, wohlgenährte Rübe in Bereitschaft, welche sie flugs in ein mutiges Roß mit Sattel und Zeug verwandelte. Rasch schwang sie sich in den Sattel, flog über die Heiden und Steppen des Gebirges dahin und das flüchtige Roß brachte sie, ohne zu straucheln, auf seinem sanften Rücken hinab ins Maiental, wo sie dem geliebten Ratibor, welcher der Kommenden ängstlich entgegenharrte, sich fröhlich in die Arme warf.

Der geschäftige Berggeist hatte sich indessen so in seine Zahlen vertieft, daß er nichts von dem, was um ihn und neben ihm geschah, wußte. Nach langer Mühe und Anstrengung war's ihm endlich gelungen, die wahre Zahl der Rüben auf dem Ackerfelde, klein und groß mit eingerechnet, zu finden. Er eilte nun froh zurück, sie seiner Herzensgebieterin gewissenhaft zu berichten und durch die pünktliche Erfüllung ihrer Pläne sie zu überzeugen, daß er ihr ein gefälliger Gemahl sein werde.

Mit Selbstzufriedenheit trat er auf den Rasenplatz, aber da fand er nicht, was er suchte; er lief durch die bedeckten Lauben und Gänge, aber auch da war nicht, was er begehrte; er kam in den Palast, durchspähte alle seine Winkel, rief den teuren Namen Emma aus, den ihm die einsamen Hallen zurücktönten, begehrte einen Laut von dem geliebten Munde zu hören; doch da war weder Stimme noch Rede. Das fiel ihm auf, er merkte Unrat, flugs warf er die schwerfällige Verkörperung ab, schwang sich hoch in die Luft und sah die fliehende Emma in der Ferne, als eben das schnellfüßige Roß über die Grenze setzte. Wütend ballte der ergrimmte Geist ein paar friedlich vorüberziehende Wolken zusammen und schleuderte einen kräftigen Blitz der Fliehenden nach, der eine tausendjährige Grenzeiche zersplitterte; aber darüber hinaus war seine Rache kraftlos und die Donnerwolke zerfloß in einen sanften Heiderauch. Nachdem er die oberen Luftregionen verzweiflungsvoll durchkreuzt und seine stürmende Leidenschaft ausgetobt hatte, kehrte er trübsinnig in den Palast zurück, schlich durch alle Gemächer und erfüllte sie mit Seufzen und Stöhnen. Nachher besuchte er noch einmal den Lustgarten, doch diese ganze Zauberschöpfung hatte keinen Reiz mehr für ihn. Der Gedanke an die Tage, welche hier die Ungetreue verlebt hatte, beschäftigte ihn mehr als die goldenen Äpfel und prächtigen Blumen. Die Erinnerung an sie erwachte wieder an jedem Platze, wo sie vormals ging und stand, wo sie Blumen gepflückt, wo er sie oft unsichtbar belauscht, oft trauliche Unterredungen mit ihr gepflogen hatte. Alles das bedrückte ihn so sehr, daß er unter der Last seiner Gefühle in dumpfes Hinbrüten versank. Bald darauf brach sein Unmut in gräßliche Verwünschungen aus und er vermaß sich hoch und teuer, der Menschenkenntnis ganz zu entsagen und von diesem argen, betrüglichen Geschlechte fernerhin keine weitere Kenntnis zu nehmen. In dieser Entschließung stampfte er dreimal auf die Erde und der ganze Zauberpalast mit all seiner Herrlichkeit kehrte in sein ursprüngliches Nichts zurück. Der Abgrund aber sperrte seinen weiten Rachen auf und der Berggeist fuhr hinab in die Tiefe bis in die entgegengesetzte Grenze seines Gebietes, in den Mittelpunkt der Erde, und nahm Bitterkeit und Menschenhaß mit dahin.

Während dieses Vorganges im Gebirge war Fürst Ratibor geschäftig, seine Braut in Sicherheit zu bringen, und führte sie mit fürstlichem Gepränge an den Hof ihres Vaters zurück. Daselbst wurde ihre Vermählung gefeiert. Er teilte mit seiner Gattin den Thron seines Erbes und erbaute die Stadt Ratibor, die noch seinen Namen trägt bis auf diesen Tag. Das sonderbare Abenteuer der Prinzessin, welches ihr auf dem Riesengebirge begegnet war, insbesondere ihre kühne Flucht, wurde das Märchen des Landes, pflanzte sich von Geschlecht zu Geschlecht fort bis in die entferntesten Zeiten. Die Bewohner der umliegenden Gegenden, die den Nachbar Berggeist bei seinem Geisternamen nicht zu nennen wußten, legten ihm einen Spottnamen bei und riefen ihn fortan »Rübezähler« oder kurzweg »Rübezahl«.

4. Rübezahl und der Schneider Benedix

Der unmutsvolle Berggeist verließ die Oberwelt mit dem Entschluß, nie wieder das Tageslicht zu schauen; doch die wohltätige Zeit verwischte nach und nach die Eindrücke seines Grams; gleichwohl war ein Zeitraum von neunhundertneunundneunzig Jahren erforderlich, ehe die alte Wunde ausheilte. Endlich, da ihn die Beschwerde der Langeweile drückte und er einstmals sehr übel aufgeräumt war, brachte sein Liebling und Hofschalksnarr in der Unterwelt, ein drolliger Kobold, eine Lustpartie aufs Riesengebirge in Vorschlag, welchem Rübezahl gern zustimmte. Es war nur eine Minute nötig, so war die weite Reise vollendet und er befand sich mitten auf dem großen Rasenplatz seines ehemaligen Lustgartens, dem er nebst dem übrigen Zubehör die vorige Gestalt gab; doch blieb alles für menschliche Augen verborgen; die Wanderer, die übers Gebirge zogen, sahen nichts als eine fürchterliche Wildnis.

Der Anblick dieser Gegenstände erneuerte alle Erinnerungen an die schöne Emma, ihr Bild schwebte ihm noch so deutlich vor, als stünde sie neben ihm. Aber die Vorstellung, wie sie ihn überlistet und hintergangen hatte, machte seinen Groll gegen die ganze Menschheit wieder rege. »Unseliges Erdengewürm«, rief er aus, indem er aufschaute und vom hohen Gebirge die Türme der Kirchen und Klöster in Städten und Flecken erblickte, »du treibst, sehe ich, dein Wesen noch immer unten im Tale. Hast mich geäfft durch Tücke und Ränke, sollst mir nun büßen; will dich auch hetzen und plagen, daß dir soll bange werden vor dem Treiben des Geistes im Gebirge.«

Kaum hatte er dies Wort gesagt, so vernahm er in der Ferne Menschenstimmen. Drei junge Gesellen wanderten durchs Gebirge und der keckste unter ihnen rief ohne Unterlaß: »Rübezahl, komm herab! Rübezahl, Mädchendieb!« Von undenklichen Jahren her hatte der Volksmund die Entführungsgeschichte des Berggeistes getreulich aufbewahrt, sie wie gewöhnlich mit lügenhaften Zusätzen vermehrt und jeder Reisende, der das Riesengebirge betrat, unterhielt sich mit seinen Gefährten von den Abenteuern desselben. Man trug sich mit unzähligen Spukgeschichten, die sich niemals begeben hatten, machte damit zaghafte Wanderer fürchten und die starken Geister und Witzlinge, die an keine Gespenster glaubten, machten sich darüber lustig, pflegten aus Übermut oder um ihre Herzhaftigkeit zu beweisen, den Geist oft zu rufen, aus Schäkerei bei seinem Spottnamen zu nennen und auf ihn zu schimpfen. Man hat nie gehört, daß dergleichen Beleidigungen von dem friedsamen Berggeiste wären gerügt worden; denn in den Tiefen des Abgrundes erfuhr er von diesem mutwilligen Hohn kein Wort. Desto mehr war er betroffen, da er sein ganzes Abenteuer mit der Prinzessin jetzt so kurz und bündig ausrufen hörte. Wie der Sturmwind raste er durch den düsteren Fichtenwald und war schon im Begriff, den armen Tropf, der sich ohne Absicht über ihn lustig gemacht hatte, zu erdrosseln, als er in dem Augenblick bedachte, daß eine so empfindliche Rache großes Geschrei im Lande erregen, alle Wanderer aus dem Gebirge wegbannen und ihm die Gelegenheit rauben würde, sein Spiel mit den Menschen zu treiben. Darum ließ er ihn und seine Gefährten ruhig ihre Straße ziehen, mit dem Vorbehalt, seinen verübten Mutwillen ihm doch nicht ungestraft hingehen zu lassen.

Auf dem nächsten Scheidewege trennte sich der Hohnsprecher von seinen Kameraden und gelangte diesmal mit heiler Haut in Hirschberg, seiner Heimat, an. Aber als unsichtbarer Geleitsmann war ihm Rübezahl bis zur Herberge gefolgt, um ihn zu gelegener Zeit dort zu finden. Jetzt trat er seinen Rückweg ins Gebirge an und sann auf ein Mittel, sich zu rächen. Da begegnete ihm auf der Landstraße ein reicher alter Handelsmann, der nach Hirschberg wollte; da kam ihm in den Sinn, diesen zum Werkzeug seiner Rache zu gebrauchen. Er gesellte sich also zu ihm in Gestalt des losen Gesellen, der ihn gefoppt hatte, und plauderte freundlich mit ihm, führte ihn unbemerkt seitab von der Straße und da sie ins Gebüsch kamen, fiel er dem Händler mörderisch in den Bart, zauste ihn weidlich, riß ihn zu Boden, knebelte ihn und raubte ihm seinen Säckel, worin er viel Geld und Geschmeide trug. Nachdem er ihn mit Faustschlägen und Fußtritten zum Abschied noch gar übel zugerichtet hatte, ging er davon und ließ den armen geplünderten Mann halbtot im Busche liegen.

Als sich der Händler von seinem Schrecken erholt hatte und wieder Leben in ihm war, fing er an zu wimmern und laut um Hilfe zu rufen; denn er fürchtete in der grausenvollen Einöde zu verschmachten. Da trat ein feiner, ehrbarer Mann zu ihm, dem Ansehen nach ein Bürger aus einer der umliegenden Städte, fragte, warum er so stöhne, und als er ihn geknebelt fand, löste er ihm die Bande von Händen und Füßen und leistete ihm alles das, was der barmherzige Samariter im Evangelium dem Manne tat, der unter die Mörder gefallen war. Nachher labte er ihn mit einem kräftigen Schluck Lebenswasser, das er bei sich trug, führte ihn wieder auf die Landstraße und geleitete ihn freundlich bis nach Hirschberg an die Tür der Herberge; dort reichte er ihm einen Zehrpfennig und schied von ihm. Wie erstaunte der Händler, als er beim Eintritt in den Krug seinen Räuber am Zechtisch erblickte, so frei und unbefangen als ein Mensch sein kann, der sich keiner Übeltat bewußt ist! Er saß hinter einem Schoppen Landwein, trieb Scherz und gute Schwänke mit anderen lustigen Zechbrüdern und neben ihm lag der nämliche Rucksack, in welchen er den geraubten Säckel geborgen hatte. Der bestürzte Händler wußte nicht, ob er seinen Augen trauen sollte, schlich sich in einen Winkel und ging mit sich selbst zu Rate, wie er wieder zu seinem Eigentum gelangen möchte. Es schien ihm unmöglich, sich in der Person geirrt zu haben; darum schlich er sich unbemerkt zur Tür hinaus, ging zum Richter und machte ihm Mitteilung von dem räuberischen Überfall.

Das Hirschberger Gericht stand damals in dem Rufe, daß es schnell und tätig sei, Recht und Gerechtigkeit zu handhaben. Häscher bewaffneten sich mit Spießen und Stangen, umringten das Schenkhaus, griffen den unschuldigen Verbrecher und führten ihn vor die Schranken der Ratsstube, wo sich die weisen Väter indes versammelt hatten.

»Wer bist du?« fragte der ernsthafte Stadtrichter, als der Angeklagte hereintrat, »und von wannen kommst du?« Er antwortete freimütig und unerschrocken: »Ich bin ein ehrlicher Schneider meines Handwerks, Benedix genannt, komme von Liebenau und stehe hier in Arbeit bei meinem Meister.«

»Hast du nicht diesen Mann im Walde mörderisch überfallen, übel geschlagen, gebunden und seines Säckels beraubt?«

»Ich habe diesen Mann nie mit Augen gesehen, hab' ihn auch weder geschlagen, noch gebunden, noch seines Säckels beraubt. Ich bin ein ehrlicher Zünftler und kein Straßenräuber.«

»Womit kannst du deine Ehrlichkeit beweisen?«

»Mit dem Ausweis über meine Kundschaft und dem Zeugnis meines guten Gewissens.«

»Weis' auf deine Kundschaft.«

Benedix öffnete getrost den Rucksack; denn er wußte wohl, daß er nichts als sein wohlerworbenes Eigentum darin verwahrte. Doch wie er ihn ausleerte, sieh da! da klingelt's unter dem herausstürzenden Plunder wie Geld. Die Häscher griffen hurtig zu, breiteten den Kram auseinander und zogen den schweren Säckel hervor, welchen der erfreute Handelsmann alsbald als sein Eigentum nach Feststellung des Tatbestandes zurückforderte. Der arme Schneider stand da wie vom Donner gerührt, wollte vor Schrecken umsinken, ward bleich, die Lippen bebten, die Knie wankten, er verstummte und sprach kein Wort. Des Richters Stirn verfinsterte sich und eine drohende Gebärde weissagte einen strengen Bescheid.

»Wie nun, Bösewicht!« donnerte der Stadtvogt. »Erfrechst du dich noch, den Raub zu leugnen?«

»Erbarmung, gestrenger Herr Richter!« winselte der Angeklagte auf den Knien, mit hochaufgehobenen Händen. »Alle Heiligen im Himmel ruf' ich zu Zeugen an, daß ich unschuldig bin an dem Raube; ich weiß nicht, wie des Händlers Säckel in meinen Rucksack gekommen ist, Gott weiß es.«

»Du bist überwiesen«, fuhr der Richter fort, »der Säckel beweist genugsam das Verbrechen, tue Gott und der Obrigkeit die Ehre, und bekenne freiwillig, ehe der Peiniger kommt, dir das Geständnis der Wahrheit abzufoltern.«

Der geängstigte Benedix konnte nichts, als sich auf seine Unschuld berufen; aber er predigte tauben Ohren: man hielt ihn für einen hartnäckigen Gaudieb, der sich nur aus der Halsschlinge herausleugnen wollte. Meister Hämmerling, der Foltermeister, wurde herbeigerufen, durch die stählernen Gründe seiner Beredsamkeit ihn zu veranlassen, Gott und der Obrigkeit die volle Wahrheit zu bekennen. Jetzt verließ den armen Wicht die standhafte Freudigkeit seines guten Gewissens, er bebte zurück vor den Qualen, die seiner warteten. Da der Folterer im Begriff war, ihm die Daumenschrauben anzulegen, bedachte er, daß dies ihn untüchtig machen würde, jemals wieder mit Ehren die Nadel zu führen, und ehe er wollte ein verdorbener Kerl bleiben sein Leben lang, meinte er, es sei besser, der Marter mit einem Male ledig zu werden, und gestand das Bubenstück ein, von welchem sein Herz nichts wußte. Die Verhandlung wurde nun kurzerhand abgetan und der Angeklagte, ohne daß sich das Gericht teilte, von Richtern und Schöppen zum Strange verurteilt, welcher Rechtsspruch zur Ersparung der Verpflegungskosten gleich tags darauf bei frühem Morgen vollzogen werden sollte.

Alle Zuschauer, welche das hochnotpeinliche Halsgericht herbeigelockt hatte, fanden das Urteil des wohlweisen Magistrats gerecht und billig; doch keiner rief den Richtern lauteren Beifall zu, als der barmherzige Samariter, der mit in die Gerichtsstube eingedrungen war und nicht satt werden konnte, die Gerechtigkeitsliebe der Herren von Hirschberg zu erheben; und in der Tat hatte auch niemand näheren Anteil an der Sache als eben dieser Menschenfreund, der mit unsichtbarer Hand des Händlers Säckel in des Schneiders Rucksack verborgen hatte und kein anderer als Rübezahl selbst war.

Schon am frühen Morgen lauerte er am Hochgericht in Rabengestalt auf den Leichenzug, der das Opfer seiner Rache dahin begleiten sollte, und es regte sich bereits in ihm der Rabenhunger, dem neuen Ankömmling die Augen auszuhacken; aber diesmal harrte er vergebens. Ein frommer Ordensbruder, der es sich angelegen sein ließ, die zum Tode Verurteilten zur Sinnesänderung und Buße zu bekehren, fand den Schneidergesellen so unwissend im Christenglauben, daß er den Magistrat um einen dreitägigen Aufschub der Hinrichtung bat. Als Rübezahl davon hörte, flog er ins Gebirge, die Vollstreckung des Urteils daselbst zu erwarten.

In diesem Zeitraume durchstrich er nach seiner Gewohnheit die Wälder und erblickte auf dieser Streiferei eine junge Dirne, die sich unter einem schattenreichen Baum gelagert hatte. Ihr Haupt sank schwermütig auf die Brust hinab, ihre Kleidung war nicht kostbar, aber reinlich und der Zuschnitt daran bürgerlich. Von Zeit zu Zeit verwischte sie mit der Hand eine herabrollende Zähre von den Wangen und schwere Seufzer entrangen sich ihrer Brust. Schon ehemals hatte der Berggeist die mächtigen Eindrücke jungfräulicher Tränen empfunden; auch jetzt war er so gerührt davon, daß er von dem Vorsatz, welchen er sich auferlegt hatte, alle Menschenkinder, die durchs Gebirge ziehen würden, zu tücken und zu quälen, zum ersten Male abging, die Empfindung des Mitleids sogar als ein wohltuendes Gefühl erkannte und Verlangen trug, das Mädchen zu trösten. Er verwandelte sich wieder in einen ehrbaren Bürger, trat freundlich zu der jungen Dirne und sprach: »Mägdlein, was trauerst du hier in der Wüste so einsam? Verhehle mir nicht deinen Kummer, daß ich zusehe, wie dir zu helfen sei.«

Das Mädchen, das ganz in Schwermut versunken war, schreckte auf, da sie diese Stimme hörte, und erhob ihr gesenktes Haupt. Zwei helle Tränen glänzten in ihren Augen und das holde, jungfräuliche Antlitz war mit dem Ausdruck banger Schmerzensgefühle übergossen. Da sie den ehrsamen Mann vor sich stehen sah, sprach sie: »Was kümmert Euch mein Schmerz, guter Mann, da Ihr nicht helfen könnt? Ich bin eine Unglückliche, eine Mörderin, habe den Mann meines Herzens gemordet und will abbüßen meine Schuld mit Jammer und Tränen, bis mir der Tod das Herz bricht.«

Der ehrbare Mann staunte. »Du eine Mörderin?« rief er, »bei diesem freundlichen, lieben Gesicht trügst du die Hölle im Herzen? Unmöglich! – Zwar die Menschen sind aller Ränke und Bosheit fähig, das weiß ich; gleichwohl ist mir's hier ein Rätsel.«

»So will ich's Euch lösen«, erwiderte die trübsinnige Jungfrau, »wenn Ihr es zu wissen begehrt.«

Er sprach: »Sag' an!«

»Ich hatte einen Gespielen von Jugend an, den Sohn meiner Nachbarin. Er war so lieb und gut, so treu und bieder, liebte mich so standhaft und herzig, daß ich ihm ewige Treue gelobte. Ach, das Herz des braven Menschen habe ich vergiftet, hab' ihn der Tugendlehren seiner frommen Mutter vergessen gemacht und ihn zu einer Übeltat verleitet, wofür er sein Leben verwirkt hat!«

Der Berggeist rief erstaunt: »Du?«

»Ja, Herr«, sprach sie, »ich bin seine Mörderin, hab' ihn gereizt, einen Straßenraub zu begehen und einen Handelsmann zu plündern; da haben ihn die Herren von Hirschberg gegriffen, Halsgericht über ihn gehalten und, o Herzeleid! morgen wird er abgetan!«

»Und was hast du verschuldet?« fragte verwundert Rübezahl.

»Ja, Herr! Ich habe sein junges Leben auf meinem Gewissen.«

»Wie das?«

»Er zog auf die Wanderschaft übers Gebirge und als es zum Abschied ging, sprach er: ›Feins Liebchen, bleib mir treu. Wenn der Apfelbaum zum dritten Male blüht und die Schwalbe zum Nest trägt, kehr' ich von der Wanderschaft zurück, dich heimzuholen als mein junges Weib;‹ und das gelobte ich ihm zu werden durch einen teuren Eid. Nun blühte der Apfelbaum zum dritten Male und die Schwalbe nistete, da kam Benedix wieder, erinnerte mich meiner Zusage und wollte mich zur Trauung führen. Ich aber neckte und höhnte ihn und sprach: ›Dein Weib kann ich nicht werden, du hast weder Herd noch Obdach. Schaff' dir erst blanke Taler an, dann frage wieder.‹ Der arme Junge wurde durch diese Rede sehr betrübt. ›Ach, Klärchen‹, seufzte er tief, mit einer Träne im Auge, ›steht dir dein Sinn nach Geld und Gut, so bist du nicht das biedere Mädchen mehr, das du vormals warst! Schlugst du nicht ein in diese Hand, da du mir deine Treue schwurest? Und was hatte ich mehr als diese Hand, dich einst damit zu ernähren? Woher dein Stolz und spröder Sinn? Ach, Klärchen, ich verstehe dich; ein reicher Freier hat mir dein Herz entwendet; lohnst du mir also, Ungetreue? Drei Jahre habe ich mit Sehnsucht und Harren traurig verlebt, habe jede Stunde gezählt bis auf diesen Tag, da ich kam, dich heimzuführen. Wie leicht und rasch machte meinem Fuß Hoffnung und Freude, da ich übers Gebirge wandelte, und nun verschmähst du mich!‹ Er bat und flehte, doch ich blieb fest auf meinem Sinn: ›Mein Herz verschmäht dich nicht, o Benedix!‹ antwortete ich, ›nur meine Hand versag' ich dir für jetzt; zieh hin, erwirb dir Gut und Geld, und hast du das, so komm, dann will ich dich gern zum Mann nehmen.‹ ›Wohlan‹, sprach er mit Unmut, ›du willst es so, ich gehe in die Welt, will laufen, will rennen, will betteln, stehlen, sparen, sorgen und eher sollst du mich nicht wiedersehen, bis ich erlange den schnöden Preis, um den ich dich erwerben muß. Leb' wohl, ich fahre hin, Ade!‹ – So hab' ich ihn betört, den armen Benedix; er ging ergrimmt davon; da verließ ihn sein guter Engel, daß er tat, was nicht recht war und was sein Herz gewiß verabscheute.«

Der ehrsame Mann schüttelte den Kopf über diese Rede und rief nach einer Pause mit nachdenklicher Miene: »Wunderbar!« Hierauf wendete er sich zu der Dirne: »Warum«, fragte er, »erfüllst du aber hier den leeren Wald mit deinen Wehklagen, die dir und deinem Bräutigam nichts nützen und frommen können?«

»Lieber Herr«, fiel sie ihm ein, »ich war auf dem Wege nach Hirschberg, da wollte mir der Jammer das Herz abdrücken, darum weilte ich unter diesem Baume.«

»Und was willst du in Hirschberg tun?«

»Ich will dem Blutrichter zu Füße fallen, will mit meinem Klagegeschrei die Stadt erfüllen und die Töchter der Stadt sollen mir wehklagen helfen, ob das die Herren erbarmen möchte, dem unschuldigen Blut das Leben zu schenken; und so mir's nicht gelingt, meinen Benedix dem schmählichen Tode zu entreißen, will ich freudig mit ihm sterben.«

Rübezahl wurde durch diese Rede so bewegt, daß er von Stund' an seiner Rache ganz vergaß und der Trostlosen ihren Bräutigam wiederzugeben beschloß. »Trockne ab deine Tränen«, sprach er mit teilnehmender Gebärde, »und laß deinen Kummer schwinden. Ehe die Sonne zur Rüste geht, soll dein Benedix frank und frei sein. Morgen um den ersten Hahnenschrei sei wach und aufmerksam und wenn ein Finger ans Fenster klopft, so tu auf die Tür deines Hauses; denn es ist dein Benedix, der davor stehet. Hüte dich, ihn wieder wild zu machen durch deinen spröden Sinn. – Du sollst auch wissen, daß er das Bubenstück nicht begangen hat, dessen du ihn zeihest, und du hast gleichfalls keine Schuld; denn er hat sich durch deinen Eigensinn zu keiner bösen Tat reizen lassen.«

Das Mädchen, verwundert über diese Rede, sah ihm starr und steif ins Gesicht und weil darin keine Schalkheit oder Trug sich zeigte, gewann sie Zutrauen, ihre trübe Stirn klärte sich auf und sie sprach voll froher Zuversicht: »Lieber Herr, wenn Ihr mein nicht spottet und es also ist, wie Ihr sagt, so müßt Ihr ein Seher oder der gute Engel meines Benedix sein, daß Ihr das alles so wißt.«

»Sein guter Engel?« versetzte Rübezahl betroffen, »nein, der bin ich wahrlich nicht; aber ich kann's werden und du sollst's erfahren! Ich bin ein Bürger aus Hirschberg, habe mit zu Rate gesessen, als der arme Sünder verurteilt wurde; aber seine Unschuld ist ans Licht gebracht, fürchte nichts für sein Leben. Ich will hin, ihn seiner Bande zu entledigen, denn ich vermag viel in der Stadt. Sei guten Muts und kehre heim in Frieden.« Das Mädchen machte sich alsbald auf und gehorchte, obgleich Furcht und Hoffnung in ihrer Seele kämpften.

Der ehrwürdige Pater Graurock hatte sich's die drei Tage des Aufschubs inzwischen blutsauer werden lassen, den Verurteilten gehörig zum Tode vorzubereiten. Als er dem trostlosen Benedix zum letztem Male gute Nacht gewünscht hatte, begegnete ihm Rübezahl unsichtbarerweise beim Eingange, noch unentschlossen, wie er sein Vorhaben, den armen Schneider in Freiheit zu setzen, auszuführen vermöchte. In dem Augenblick geriet er auf den Einfall, der recht nach seinem Sinn war. Er schlich dem Mönche ins Kloster nach, stahl aus der Kleiderkammer ein Ordenskleid, fuhr hinein und begab sich in Gestalt des Bruders Graurock ins Gefängnis, welches ihm der Kerkermeister ehrerbietig öffnete.

»Das Heil deiner Seele«, redete er den Gefangenen an, »treibt mich nochmals hierher, da ich dich kaum verlassen habe. Doch hatte ich vorher vergessen, dich nach etwas zu fragen. Sag' an, denkst du auch noch an Klärchen? Liebst du sie noch als deine Braut? Hast du ihr etwas vor deiner Hinfahrt zu sagen, so vertraue es mir.« Benedix staunte bei diesem Namen noch mehr; der Gedanke an sie, den er mit großer Gewissenhaftigkeit in seiner Seele zu ersticken bemüht gewesen war, wurde auf einmal wieder so heftig angefacht, besonders da vom Abschiedsgruße die Rede war, daß er überlaut anfing zu weinen und zu schluchzen und kein Wort vorzubringen vermochte. Diese herzbrechende Gebärdung jammerte den mitleidigen Mönch also, daß er beschloß, dem Spiel ein Ende zu machen.

»Armer Benedix«, sprach er, »gib dich zufrieden und sei getrost und unverzagt, du sollst nicht sterben. Ich habe in Erfahrung gebracht, daß du unschuldig bist an dem Raube und deine Hand mit keinem Laster befleckt hast, darum bin ich gekommen, dich aus dem Kerker zu entführen und der Bande zu entledigen.« Er zog einen Schlüssel aus der Tasche. »Laß sehen«, fuhr er fort, »ob er schließe.« Der Versuch gelang, der Entfesselte stand da, frank und frei, die Ketten fielen ab von Händen und Füßen. Hierauf wechselte der gutmütige Ordensbruder mit ihm die Kleider und sprach: »Gehe gemachsam wie ein frommer Mönch durch die Schar der Wächter vor der Tür des Gefängnisses und durch die Straßen, bis du der Stadt Weichbild hinter dir hast; dann schürze dich hurtig und schreite rüstig zu, daß du gelangst ins Gebirge, und raste nicht, bis du in Liebenau vor Klärchens Tür stehst, klopfe leise an, dein Liebchen harret deiner mit ängstlichem Verlangen.«

Der gute Benedix wähnte, das alles sei nur ein Traum, rieb sich die Augen, zwickte sich in die Arme, um zu versuchen, ob er wache oder schlafe, und da er inne ward, daß sich alles so verhalte, fiel er seinem Befreier zu Füßen und umfing seine Knie, wollte eine Danksagung stammeln und lag da in stummer Freude, denn die Worte versagten ihm. Der liebreiche Mönch trieb ihn endlich fort und reichte ihm noch ein Laib Brot und eine Knackwurst zur Zehrung auf den Weg. Mit wankendem Knie schritt Benedix über die Schwelle des traurigen Kerkers und fürchtete immer, erkannt zu werden. Aber sein ehrwürdiges Gewand gab ihm die Gewähr, daß keiner der Wächter in ihm einen Verbrecher vermutete.

Klärchen saß indessen bänglich einsam in ihrem Kämmerlein, horchte auf jedes Rauschen des Windes und spähete nach jedem Fußtritt der Vorübergehenden. Oft dünkte ihr, es rege sich was am Fensterladen, oder es klinge der Pfortenring; sie schreckte auf mit Herzklopfen, sah durch die Luke und es war Täuschung. Schon schüttelten die Hähne in der Nachbarschaft die Flügel und verkündeten durch ihr Krähen den kommenden Tag; das Glöcklein im Kloster läutete zur Frühmette, das ihr wie Totenruf und Grabesklang tönte; der Wächter stieß zum letzten Male ins Horn und weckte die schnarchenden Bäckermägde zu ihrem frühen Tagewerk. Klärchens Lampe fing an, dunkel zu brennen, weil's ihm an Öl gebrach, ihre Unruhe mehrte sich mit jedem Augenblick. Sie saß auf ihrer Bettlade, weinte bitterlich und seufzte: »Benedix, Benedix! Was für ein banger Tag für dich und mich dämmert jetzt heran!« Sie lief ans Fenster, ach! blutrot war der Himmel nach Hirschberg hin und schwarze Nebelwolken webten wie Trauerflor und Leichentücher hin und wieder am Horizonte. Ihre Seele bebte vor diesem ahnungsvollen Anblick zurück, sie sank in dumpfes Hinbrüten und Totenstille war um sie her.

Da pocht's dreimal leise an das Fenster, als ob sich etwas rührte. Ein froher Schauder durchlief ihre Glieder, sie sprang auf, tat einen lauten Schrei; denn eine Stimme flüsterte durch die Luke: »Feins Liebchen, bist du wach?« – Husch war sie an der Tür. – »Ach, Benedix, bist du's oder ist's dein Geist?« Wie sie aber den Bruder Graurock erblickte, fiel sie zurück und sank vor Entsetzen hin. Da umschlang sie sanft sein treuer Arm und der Kuß der Liebe brachte sie bald wieder ins Leben.

Nachdem Erstaunen und die Ergießungen der ersten freudigen Herzensgefühle vorüber waren, erzählte ihr Benedix seine wunderbare

Errettung aus dem peinlichen Kerker; doch die Zunge klebte ihm am Gaumen vor großem Durst und Ermattung. Klärchen ging, ihm einen Trunk frisches Wasser zu holen, und nachdem er sich damit gelabt hatte, fühlte er Hunger; aber sie hatte nichts zum Imbiß als Salz und Brot. Da gedachte Benedix an seine Knackwurst, zog sie aus der Tasche und wunderte sich, daß sie schwerer als ein Hufeisen, brach sie voneinander, sieh! da fielen eitel Goldstücke heraus, worüber Klärchen nicht wenig erschrak; sie meinte, das Gold sei ein Rest von dem Raube des Händlers und Benedix sei nicht so unschuldig, als ihn der ehrsame Mann gemacht habe, der ihr im Gebirge erschienen war. Allein der truglose Geselle beteuerte höchlich, daß der fromme Ordensmann ihm diesen verborgenen Schatz vermutlich als eine Hochzeitssteuer verliehen habe, und sie glaubte seinen Worten. Darauf segneten beide mit dankbarem Herzen den edelmütigen Wohltäter, verließen ihre Vaterstadt und zogen gen Prag, wo Meister Benedix mit Klärchen, seinem Weibe, lange Jahre als ein ehrsamer Bürger und wohlhabender Mann in friedlicher Ehe lebte.

In der frühen Morgenstunde, da Klärchen mit schauervoller Freude den Finger ihres Benedix am Fenster vermerkte, klopfte auch in Hirschberg ein Finger an die Tür des Gefängnisses. Das war der Bruder Graurock, der, von frommem Eifer aufgeweckt, den Anbruch des Tages kaum erwarten konnte, die Bekehrung des armen Sünders zu vollenden. Rübezahl hatte die Rolle des Verurteilten übernommen und war entschlossen, sie auszuspielen. Er schien wohlgefaßt zum Sterben zu sein und der fromme Mönch freute sich darüber und erkannte diese Standhaftigkeit alsbald für die gesegnete Frucht seiner Zusprache an; darum ermangelte er nicht, ihn in dieser Gemütsverfassung zu erhalten, und beschloß seine Rede mit den Trostesworten: »So viel Menschen du bei deiner Ausführung erblicken wirst, die dich an die Gerichtsstätte geleiten, sieh, so viel Engel stehen schon bereit, deine Seele einzuführen ins schöne Paradies.« Darauf ließ er ihn der Fesseln entledigen, hörte seine Beichte und sprach ihn los von seinen Sünden.

Die Zeit war darüber verlaufen, das peinliche Gericht hielt dafür, daß es nun an der Stunde sei, den Leib zu töten. Auf dem Platze der Hinrichtung verlas der Richter noch einmal das Urteil und brach zum Zeichen dessen, daß er dem Tode verfallen sei, einen Stab über dem Kopfe des Verurteilten entzwei. Danach führten ihn die Henker auf die Leiter am Galgen und legten ihm die Schlinge des Strickes um den Hals. Als er nun von der Leiter gestoßen wurde, zappelte er am Strange nach Herzenslust und trieb das Spiel so arg, daß dem Henker dabei übel zumute ward; denn es erhob sich ein plötzliches Getöse im Volk und einige schrien, man solle den Henker steinigen, weil er den armen Sünder über die Gebühr martere. Um also Unglück zu verhüten, streckte sich Rübezahl lang aus und stellte sich an, als sei er tot. Da sich aber das Volk verlaufen hatte und nachher einige Leute in der Gegend des Hochgerichts hin- und herwandelten, aus Vorwitz hinzutraten und den Leichnam beschauen wollten, fing Rübezahl am Galgen sein Spiel von neuem an und erschreckte die Beschauer durch fürchterliche Grimassen. Daher lief gegen Abendzeit in der Stadt das Gerücht um, der Gehangene könne nicht ersterben und tanze noch immer am Hochgericht. Das bewog die Stadtbehörde, des Morgens in aller Frühe durch einige Abgeordnete die Sache untersuchen zu lassen. Wie sie nun dahin kamen, fanden sie nichts als einen Strohmann am Galgen, mit alten Lumpen bedeckt, wie man pflegt in Erbsen zu stellen, die genäschigen Spatzen damit zu verscheuchen. Darüber wunderten sich die Herren von Hirschberg gar sehr, ließen in aller Stille den Strohmann abnehmen und breiteten aus, der große Wind habe zur Nachtzeit den leichten Schneider vom Galgen über die Grenze geweht.

5. Rübezahl und der Bauer Veit

Einen Bauer in der Amtspflege Reichenberg hatte ein böser Nachbar durch einen Prozeß um Hab und Gut gebracht, und nachdem sich das Gericht seiner letzten Kuh bemächtigt hatte, blieb ihm nichts übrig als ein abgehärmtes Weib und ein halbes Dutzend Kinder. Zwar hatte er noch ein paar rüstige, gesunde Arme, aber sie waren nicht hinreichend, sich und die Seinigen damit zu ernähren. Es schnitt ihm durchs Herz, wenn die jungen Raben nach Brot schrien und er nichts hatte, ihren quälenden Hunger zu stillen.

»Mit hundert Talern«, sprach er zu dem kummervollen Weibe, »wäre uns geholfen, unsern zerfallenen Haushalt wieder einzurichten und fern von dem streitsüchtigen Nachbar ein neues Eigentum zu gewinnen. Du hast reiche Vettern jenseits des Gebirges, ich will hin und ihnen unsere Not klagen; vielleicht, daß sich einer erbarmet und aus gutem Herzen von seinem Überfluß uns auf Zinsen leiht, so viel wir bedürfen.«

Das niedergedrückte Weib willigte mit schwacher Hoffnung eines glücklichen Erfolges in diesen Vorschlag, weil sie keinen besseren wußte. Der Mann aber gürtete frühe seine Lenden und, indem er Weib und Kind verließ, sprach er ihnen Trost ein: »Weinet nicht! Mein Herz sagt es mir, ich werde einen Wohltäter finden, der uns helfen wird.« Hierauf steckte er eine harte Brotrinde zur Zehrung in die Tasche und ging davon.

Müde und matt von der Hitze des Tages und dem weiten Wege, gelangte er zur Abendzeit in dem Dorfe an, wo die reichen Vettern wohnten; aber keiner wollte ihn kennen, keiner wollte ihn beherbergen. Mit heißen Tränen klagte er ihnen sein Elend; aber die hartherzigen Filze achteten nicht darauf, kränkten den armen Mann mit Vorwürfen und beleidigenden Sprichwörtern. Einer sprach: »Junges Blut, spar' dein Gut«; der andere: »Hoffart kommt vor dem Fall«; der dritte: »Wie du's treibst, so geht's«; der vierte: »Jeder ist seines Glückes Schmied.« So höhnten und spotteten sie seiner, nannten ihn einen Prasser und Faulenzer und endlich stießen sie ihn sogar zur Tür hinaus. Einer solchen Aufnahme hatte sich der arme Vetter von der reichen Sippschaft seines Weibes nicht versehen, stumm und traurig schlich er von dannen und weil er nichts hatte, um das Schlafgeld der Herberge zu bezahlen, mußte er auf einem Heuschober im Felde übernachten. Hier wartete er schlaflos des zögernden Tages, um sich auf den Heimweg zu begeben.

Da er nun wieder ins Gebirge kam, überkam ihn Harm und Bekümmernis so sehr, daß er der Verzweiflung nahe war. »Zwei Tage Arbeitslohn verloren«, dachte er bei sich selber, matt und entkräftet von Gram und Hunger, ohne Trost, ohne Hoffnung! Wenn du nun heimkehrst und die sechs Würmer dir entgegenschmachten, ihre Hände aufheben, von dir Labsal zu begehren und du für einen Bissen Brot ihnen einen Stein bieten mußt, Vaterherz! Vaterherz! Wie kannst du's tragen! Brich entzwei, armes Herz, ehe du diesen Jammer fühlst! Hierauf warf er sich unter einen Schlehenbusch, seinen schwermütigen Gedanken weiter nachzuhängen.

Wie aber am Rande des Verderbens die Seele noch die letzten Kräfte anstrengt, ein Rettungsmittel auszukundschaften, Schutz oder

Frist für den hereinbrechenden Untergang zu suchen; gleich einem Bootsmann, der sein Schiff sinken sieht, schnell die Strickleiter hinaufrennt, sich in den Mastkorb zu bergen, oder wenn er unter Verdeck ist, aus der Luke springt, in der Hoffnung, ein Brett oder eine ledige Tonne zu erhaschen, um sich über Wasser zu halten: so verfiel unter tausend Anschlägen und Einfällen der trostlose Veit auf den Gedanken, sich an den Geist des Gebirges in seinem Anliegen zu wenden. Er hatte viel abenteuerliche Geschichten von ihm gehört, wie er zuweilen die Reisenden geneckt und gefoppt, ihnen manchen Streich und Schabernack gespielt, doch auch mitunter Gutes erwiesen habe. Es war ihm nicht unbekannt, daß er sich bei seinem Spottnamen nicht ungestraft rufen lasse; dennoch wußte er ihm auf keine andere Weise beizukommen; also wagte er es auf eine Prügelei und rief so sehr er konnte: »Rübezahl! Rübezahl!«

Auf diesen Ruf erschien alsbald eine Gestalt gleich einem rußigen Köhler mit einem fuchsroten Bart, der bis an den Gürtel reichte, feurigen, stieren Augen und mit einer Schürstange bewaffnet, gleich einem Weberbaum, die er mit Grimm erhob, den frechen Spötter zu erschlagen.

»Mit Gunst, Herr Rübezahl«, sprach Veit ganz unerschrocken, »verzeiht, wenn ich Euch nicht mit dem rechten Namen bezeichne, hört mich nur an, dann tut, was Euch gefällt.«

Diese dreiste Rede und die kummervolle Miene des Mannes, die weder auf Mutwillen noch Vorwitz deutete, besänftigten den Zorn des Geistes etwas:

»Erdenwurm«, sprach er, »was treibt dich, mich zu beunruhigen? Weißt du auch, daß du mir mit Hals und Haut für deinen Frevel büßen mußt?«

»Herr«, antwortete Veit, »die Not treibt mich zu Euch, habe eine Bitte, die Ihr mir leicht gewähren könnt. Ihr sollt mir hundert Taler leihen, ich zahle sie Euch mit landesüblichen Zinsen in drei Jahren wieder, so wahr ich ehrlich bin!«

»Tor«, sprach der Geist, »bin ich ein Wucherer, der auf Zinsen leiht? Gehe hin zu deinen Menschenbrüdern und borge da so viel dir not tut, mich aber laß in Ruhe.«

»Ach!« erwiderte Veit, »mit der Menschenbrüderschaft ist's aus! Auf Mein und Dein gilt keine Brüderschaft.«

Hierauf erzählte er ihm seine Geschichte nach der Länge und schilderte ihm sein drückendes Elend so rührend, daß ihm Rübezahl seine Bitte nicht versagen konnte; und wenn der arme Tropf auch weniger Mitleid verdient hätte, so schien doch dem Geist das Unterfangen, von ihm ein Kapital zu leihen, so neu und sonderbar, daß er um des guten Zutrauens willen geneigt war, des Mannes Bitte zu gewähren.

»Komm, folge mir«, sprach er und führte ihn darauf waldeinwärts, in ein abgelegenes Tal zu einem schroffen Felsen, dessen Fuß ein dichter Busch bedeckte.

Nachdem sich Veit neben seinem Begleiter mit Mühe durchs Gesträuch gearbeitet hatte, gelangten sie zum Eingang einer finsteren Höhle. Dem guten Veit war nicht wohl dabei zumute, da er so im Dunkeln tappen mußte; es lief ihm ein kalter Schauer nach dem andern den Rücken herab und seine Haare sträubten sich empor. Rübezahl hat schon manchen betrogen, dachte er, wer weiß, was für ein Abgrund mir vor den Füßen liegt, in welchen ich beim nächsten Schritt hinabstürze. Dabei hörte er ein fürchterliches Brausen als eines Tagwassers, das sich in den tiefen Schacht ergoß. Je weiter er fortschritt, je mehr engten ihm Furcht und Grausen das Herz ein. Doch bald sah er zu seinem Trost in der Ferne ein blaues Flämmchen hüpfen, das Berggewölbe erweiterte sich zu einem großen Saal, das Flämmchen brannte hell und schwebte als ein Hängeleuchter in der Mitte der Felsenhalle. Auf dem Pflaster fiel ihm eine kupferne Braupfanne in die Augen, mit lauter harten Talern bis an den Rand gefüllt.

Als Veit den Geldschatz erblickte, schwand alle seine Furcht dahin und das Herz hüpfte ihm vor Freuden.

»Nimm«, sprach der Geist, »was du bedarfst, es sei wenig oder viel, nur stelle mir einen Schuldschein aus, wenn du überhaupt schreiben kannst.«

Der Schuldner bejahte das und zählte sich gewissenhaft die hundert Taler zu, nicht einen mehr und keinen weniger. Der Geist schien auf das Zählungsgeschäft gar nicht zu achten, drehte sich weg und suchte indes Feder und Tinte hervor. Veit schrieb den Schuldschein so bündig als ihm möglich war; der Berggeist schloß ihn in einen eisernen Schatzkasten und sagte zum Abschied:

»Sieh hin, mein Freund, und nütze dein Geld mit arbeitsamer Hand. Vergiß nicht, daß du mein Schuldner bist, und merke dir den Eingang ins Tal und diese Felsenkluft genau! Sobald das dritte Jahr verflossen ist, zahlst du mir Kapital und Zins zurück; ich bin ein strenger Gläubiger, hältst du nicht ein, so fordere ich es mit Ungestüm.«

Der ehrliche Veit versprach, auf den Tag richtig Zahlung zu leisten, versprach's mit seiner biederen Hand, doch ohne Schwur; verpfändete nicht seine Seele und Seligkeit, wie lose Bezahler zu tun pflegen, und schied mit dankbarem Herzen von seinem Schuldherrn in der Felsenhöhle, aus der er leicht den Ausgang fand. –

Die hundert Taler wirkten bei ihm mächtig auf Seele und Leib, daß ihm nicht anders zumut war, als er das Tageslicht wieder erblickte, als ob er Balsam des Lebens in der Felsenkluft eingesogen habe. Freudig und gestärkt an allen Gliedern, schritt er nun seiner Wohnung zu und trat in die elende Hütte, indem sich der Tag zu neigen begann. Sobald ihn die abgezehrten Kinder erblickten, schrien sie ihm wie aus einem Munde entgegen: »Brot, Vater, einen Bissen Brot! Hast uns lange darben lassen.« Das abgehärmte Weib saß in einem Winkel und weinte, fürchtete verzagt und kleinmütig das Schlimmste und vermutete, daß der Angekommene wieder das alte traurige Lied anstimmen werde. Er aber bot ihr freundlich die Hand, hieß sie Feuer anschüren auf dem Herde; denn er trug Grütze und Hirse aus Reichenberg im Zwerchsack, wovon die Hausmutter einen steifen Brei kochen mußte, daß der Löffel darin stand. Nachher berichtete er von dem guten Erfolg seines Geschäfts.

»Deine Vettern«, sprach er, »sind gar rechtliche Leute; sie haben mir nicht meine Armut vorgerückt, haben mich nicht verkannt oder mich schimpflich vor der Tür abgewiesen, sondern mich freundlich beherbergt, Herz und Hand mir geöffnet und hundert bare Taler vorschußweise auf den Tisch gezählt.«

Da fiel dem guten Weibe ein schwerer Stein vom Herzen, der sie lange gedrückt hatte.

»Wären wir«, sagte sie, »eher vor die rechte Schmiede gegangen, so hätten wir uns manchen Kummer ersparen können.« Hierauf rühmte sie ihre Freundschaft, von welcher sie vorher so wenig Gutes erwartet hatte, und tat recht stolz auf die reichen Vettern.

Der Mann ließ ihr nach so vielen Drangsalen gern die Freude, die ihrer Eitelkeit so schmeichelhaft war. Da sie aber nicht aufhörte, von den reichen Vettern zu sprechen, und das viele Tage so forttrieb, wurde Veit des Lobposaunens der Geizdrachen satt und müde und sprach zum Weibe: »Als ich vor der rechten Schmiede war, weißt du, was mir der Meister Schmied für eine weise Lehre gab?«

Sie sprach: »Welche?«

»Jeder, sagte er, sei seines Glückes Schmied, und man müsse das Eisen schmieden, so lange es heiß sei; drum laß' uns nun die Hände rühren und unserm Beruf fleißig obliegen, daß wir was vor uns bringen, in drei Jahren den Vorschuß nebst Zinsen abzahlen können und aller Schuld quitt und ledig seien.«

Darauf kaufte er einen Acker und eine Wiese, dann wieder einen und noch einen, dann eine ganze Hufe; es war Segen in Rübezahls Gelde, als wenn ein Hecktaler darunter wäre. Veit säete und erntete, wurde schon für einen wohlhabenden Mann im Dorfe gehalten, und sein Säckel besaß noch immer ein kleines Kapital zur Erweiterung seines Eigentums. Im dritten Sommer hatte er schon zu seiner Hufe ein Herrengut gepachtet, das ihm reichen Ertrag brachte; kurz, er war ein Mann, dem alles, was er tat, zu gutem Glück gedieh.

Der Zahlungstag kam nun heran und Veit hatte so viel erübrigt, daß er ohne Beschwerde seine Schuld abtragen konnte; er legte das Geld zurecht und an dem bestimmten Tage war er früh auf, weckte das Weib und alle seine Kinder, hieß sie waschen und kämmen und ihre Sonntagskleider anziehen, auch die neuen Schuhe und die scharlachenen Mieder und Brusttücher, die sie noch nicht auf den Leib gebracht hatten. Er selbst holte seinen Feiertagsrock herbei und rief zum Fenster hinaus: »Hans, spann' an!«

»Mann, was hast du vor?« fragte die Frau, »es ist heute weder Feiertag noch Kirchweihfest, was macht dich so guten Mutes, daß du uns ein Wohlleben bereitet hast, und wo gedenkst du uns hinzuführen?«

Er antwortete: »Ich will mit euch die reichen Vettern jenseits des Gebirges heimsuchen und dem Gläubiger, der mir durch seinen Vorschub wieder aufgeholfen hat, Schuld und Zins bezahlen, denn heute ist der Zahltag.«

Das gefiel der Frau wohl; sie putzte sich und die Kinder stattlich heraus, und damit die reichen Vettern eine gute Meinung von ihrem Wohlstande bekämen und sich ihrer nicht schämen dürften, band sie eine Schnur gekrümmter Dukaten um den Hals. Veit rüttelte den schweren Geldsack zusammen, nahm ihn zu sich, und da alles in Bereitschaft war, saß er auf mit Frau und Kind. Hans peitschte die vier Hengste an und sie trabten mutig über das Blachfeld nach dem Riesengebirge zu.

Vor einem steilen Hohlwege ließ Veit den Rollwagen halten, stieg ab und ließ die anderen ein Gleiches tun, dann gebot er dem Knechte: »Hans, fahr' gemachsam den Berg hinan, oben bei den drei Linden sollst du unser warten, und ob's auch ein wenig lange dauert, so laß dich's nicht anfechten, laß die Pferde verschnaufen und einstweilen grasen; ich weiß hier einen Fußpfad, er ist etwas um, doch lustig zu wandeln!«

Darauf schlug er sich in Geleitschaft des Weibes und der Kinder waldein durch dicht verwachsenes Gebüsch und spähte hin und her, die Frau meinte, ihr Mann habe sich verirrt; sie ermahnte ihn darum, zurückzukehren und der Landstraße zu folgen.

Veit aber hielt plötzlich still, versammelte seine sechs Kinder um sich her und redete also: »Du wähnst, liebes Weib, daß wir zu deiner Freundschaft ziehen; dahin steht jetzt nicht mein Sinn. Deine reichen Vettern sind Knauser und Schurken, die, als ich damals in meiner Armut Trost und Zuflucht bei ihnen suchte, mich gefoppt, gehöhnet und mit Übermut von sich gestoßen haben. – Hier wohnt der reiche Vetter, dem wir unsern Wohlstand verdanken, der mir aufs Wort das Geld geliehen, das in den drei Jahren in meiner Hand so wohl gewuchert hat. Auf heute hat er mich herbeschieden, Zins und Kapital ihm wieder zu erstatten. Wißt ihr nun, wer unser Schuldherr ist? Der Herr vom Berge, Rübezahl genannt!«

Das Weib entsetzte sich heftig über diese Rede, schlug ein Kreuz vor sich, und die Kinder bebten und gebärdeten sich ängstlich vor Furcht und Schrecken, daß sie der Vater vor Rübezahl führen wollte. Sie hatten viel in den Spinnstuben von ihm gehört, daß er ein scheußlicher Riese und Menschenfresser sei. Veit erzählte ihnen sein ganzes Abenteuer, wie ihm der Berggeist in Gestalt eines Köhlers auf sein Rufen erschienen sei, und was er mit ihm verhandelt in der Höhle habe, pries seine Mildtätigkeit mit dankbarem Herzen und so inniger Rührung, daß ihm die warmen Tränen über die Backen herabträufelten.

»Wartet hier«, fuhr er fort, »jetzt geh' ich hin in die Höhle, mein Geschäft auszurichten. Fürchtet nichts, ich werde nicht lange ausbleiben und wenn ich's vom Gebirgsherrn erlangen kann, so bring' ich ihn zu euch. Scheuet euch nicht, eurem Wohltäter treuherzig die

Hand zu schütteln, ob sie gleich schwarz und rußig ist; er tut euch nichts zuleide und freut sich seiner guten Tat und unsers Danks gewiß! Seid nur beherzt, er wird euch goldene Äpfel und Pfeffernüsse austeilen.«

Ob nun gleich das bängliche Weib viel gegen die Wallfahrt in die Felsenhöhle einzuwenden hatte und auch die Kinder jammerten und weinten, sich um den Vater herlagerten und, da er sie auf die Seite schob, ihn an den Rockfalten zurückzuziehen sich abmühten, so riß er sich doch mit Gewalt von ihnen, drang in den dicht verwachsenen Busch und gelangte zu dem wohlbekannten Felsen. Er fand alle Merkzeichen der Gegend wieder, die er sich wohl ins Gedächtnis geprägt hatte; die alte halberstorbene Eiche, an deren Wurzel die Kluft sich öffnete, stand noch, wie sie vor drei Jahren gestanden hatte, doch von einer Höhle war keine Spur mehr vorhanden. Veit versuchte auf alle Weise, sich den Eingang in den Berg zu eröffnen, er nahm einen Stein, klopfte an den Felsen; er sollte, meinte er, sich auftun; er zog den schweren Geldsack hervor, klingelte mit den harten Talern und rief, so laut er nur konnte: »Geist des Gebirges, nimm hin, was dein ist!« Doch der Geist ließ sich weder hören noch sehen. Also mußte sich der ehrliche Schuldner entschließen, mit seinem Säckel wieder umzukehren.

Sobald ihn das Weib und die Kinder von ferne erblickten, eilten sie ihm freudevoll entgegen; er war mißmutig und sehr bekümmert, daß er seine Zahlung nicht an seinen Gläubiger abliefern konnte, setzte sich zu den Seinen auf einen Rasenrain und überlegte, was nun zu tun sei.

Da fiel ihm sein altes Wagestück wieder ein. »Ich will«, sprach er, »den Geist bei seinem Spottnamen rufen; wenn's ihn auch verdrießt, mag er mich bläuen und zupfen, wie er Lust hat, wenigstens hört er auf diesen Ruf gewiß.« Darauf schrie er aus Leibeskräften: »Rübezahl! Rübezahl!« Das angstvolle Weib bat ihn, zu schweigen, und wollte ihm den Mund zuhalten; er ließ sich aber nicht wehren und trieb's immer ärger. Plötzlich drängte sich jetzt der jüngste Bube an die Mutter an und schrie bänglich: »Ach, der schwarze Mann!« Getrost fragte Veit: »Wo?« »Dort lauscht er hinter jenem Baume hervor.« Und alle Kinder krochen in einen Haufen zusammen, bebten vor Furcht und schrien jämmerlich. Der Vater blickte hin und sah nichts;

es war Täuschung, nur ein leerer Schatten; kurz Rübezahl kam nicht zum Vorschein und alles Rufen war umsonst.

Die Familie trat nun den Rückweg an und Vater Veit ging ganz betrübt und schwermütig auf der breiten Landstraße vor sich hin. Da erhob sich vom Walde her ein sanftes Rauschen in den Bäumen, die schlanken Birken neigten ihre Wipfel, das bewegliche Laub der Espen zitterte, das Brausen kam näher und der Wind schüttelte die weitausgestreckten Äste der Steineichen, trieb dürres Laub und Grashalme vor sich her, kräuselte im Weg kleine Staubwolken empor. An diesem lustigen Spiel vergnügten sich die Kinder, die nicht mehr an Rübezahl dachten, und haschten nach den Blättern, mit welchen der Wirbelwind spielte. Unter dem dürren Laube wurde auch ein Blatt Papier über den Weg geweht, auf welches einer der Knaben Jagd machte; doch wenn er danach griff, hob es der Wind auf und führte es weiter, daß er's nicht erlangen konnte. Darum warf er seinen Hut danach, der's endlich bedeckte; weil's nun ein schöner, weißer Bogen war und der sparsame Vater jede Kleinigkeit in seinem Haushalte zu nutzen pflegte, so brachte ihm der Knabe den Fund, um sich ein kleines Lob zu verdienen. Als dieser das zusammengerollte Papier aufschlug, um zu sehen, was es wäre, fand er, daß es der Schuldbrief war, den er an den Berggeist ausgestellt hatte; er war von oben herein zerrissen und unten stand geschrieben: »Zu Dank bezahlt.«

Wie das Veit las, rührte es ihn tief in der Seele und er rief mit freudigem Entzücken: »Freue dich, liebes Weib und ihr Kinder allesamt, freuet euch; er hat uns gesehen, hat unsern Dank gehört, unser guter Wohltäter, der uns unsichtbar umschwebte, weiß, daß Veit ein ehrlicher Mann ist. Ich bin meiner Zusage quitt und ledig, nun laßt uns mit frohem Herzen heimkehren!«

Eltern und Kinder weinten noch viele Tränen der Freude und des Dankes, bis sie wieder zu ihrem Fuhrwerk gelangten, und weil die Frau groß Verlangen trug, ihre Freundschaft heimzusuchen, um durch ihren Wohlstand die filzigen Vettern zu beschämen, so rollten sie frisch den Berg hinab, gelangten in der Abendstunde in das Dorf und hielten bei dem nämlichen Bauernhofe an, aus welchem Veit vor drei Jahren hinausgestoßen worden war. Er pochte diesmal ganz herzhaft und fragte nach dem Wirte. Es kam ein unbekannter Mann zum Vorschein, der gar nicht zur Freundschaft gehörte; von diesem erfuhr Veit, daß die reichen Vettern ausgewirtschaftet hatten. Der eine war gestorben, der andere verdorben, der dritte davongegangen und ihre Stätte ward nicht mehr gefunden in der Gemeinde. Veit übernachtete mit seiner Familie bei dem gastfreien Hauswirt, der ihm und seinem Weibe das alles weitläufiger erzählte. Tags darauf kehrte er in seine Heimat und an seine Berufsgeschäfte zurück, nahm zu an Reichtum und Gütern und blieb ein rechtlicher, wohlhabender Mann sein lebelang.

6. Der kleine Peter

In dem Dorfe Krumhübel, welches im Riesengebirge unweit der Schneekoppe liegt, wohnte ein armer Holzhacker. Er nährte sich und seine Familie, bestehend in seiner Frau und seinem kleinen Knaben Peter, nur kümmerlich. Da starb ihm eines Tages seine Frau. Da er beim Holzhacken im Walde sein Brot verdienen mußte, so hätte er sich der Erziehung und Pflege seines Knaben nicht widmen können, wenn nicht eine Anverwandte von ihm, die Muhme aus Fischbach, sich bereit erklärt hätte, ihm die Wirtschaft zu führen und den Knaben in Aufsicht zu nehmen. Peter war ein kleiner aufgeweckter, allezeit fröhlicher Bursche, der immer vergnügt sein Liedchen trällerte und wohlgemut auf- und absprang. Die Muhme aber war durch mancherlei schwere Lebenserfahrungen verbittert, sah mürrisch und scheel auf das aufgeweckte Treiben des Knaben herab und setzte ihm, so oft sie ihn erblickte, mit Zanken, Keifen und harten Worten zu.

Sie schwärzte Peter auch bei dem Vater an, wenn er am Abend aus dem Walde zurückkam, und dann tanzte der Haselstock oft auf Peterchens Rücken und die Beteuerungen der Unschuld halfen dem armen kleinen Schelm nichts.

Die Folge davon war, daß Peter den Tag über möglichst das Haus floh und am liebsten auf dem Felde draußen sich aufhielt, wo er im Sommer die bunten Blumen im Getreide pflückte oder dem Gesange der Vögel lauschte. Wie lieblich klang das in seinen Ohren; ganz anders als das mürrische Gezänk der Alten im engen Hause. Im Winter freilich mußte er im Stübchen bleiben, dann ging's ihm schlecht. Dann war seine einzige Freude, hinaus vor die Haustür zu treten und den zirpenden Sperlingen und Meisen Krumen von seinem Stück trockenen Schwarzbrotes zu streuen. Denn Peter hatte ein mildes Herz, er erbarmte sich, wie alle Kinder im Winter tun sollten, der frierenden, hungernden Vögel; und obwohl er sich selbst etwas von seinem Frühstück entzog, hatte er doch seine helle Freude an den gefiederten Gästen, wenn sie, ehe er vor die Tür trat, ihn ungeduldig lockten, als ob sie sein Kommen erwarteten.

Eines Abends kündete der Vater der Muhme an, daß am nächsten Sonntage ein Bruder von ihm zum Besuch kommen werde. Die Muhme kaufte am nächsten Tage einen großen Hecht und setzte ihn einstweilen in einem kleinen Fischkasten in das Wasser, damit er nicht stürbe, ehe sie ihn schlachtete.

»Du armes Tier«, sagte Peter, als er an dem Kasten vorüberkam, »in diesem kleinen Raume sollst du leben und atmen, du wirst sterben, wenn dir die Freiheit nicht bald wiedergegeben wird.« Von diesem Gedanken geleitet, entnahm er dem Kasten den zappelnden Fisch und warf ihn in den Dorfbach. Als nun tags darauf die Alte den Hecht schlachten wollte, da war er längst von dannen geschwommen. Da sauste denn eine tüchtige Tracht Prügel auf Peter hernieder und seine Freude über seine gute Tat sollte ihm bald gründlich vergällt werden.

»Habe ich dich denn, du nichtsnutziger Bursche, wieder einmal bei einem Schabernack abgefaßt; nun warte nur, du Taugenichts, bis der Vater nach Hause kommt, der soll dir den verlorenen Hecht mit dem Stocke wieder suchen helfen.« Da gab's am Abend wieder hageldicke Hiebe und mit Weinen und Schluchzen mußte Peter sein Lager aufsuchen.

Als der Knabe am andern Morgen hinaus zum Spiel in den Wald gehen wollte, rief ihm die Muhme kreischend nach: »Du Faulenzer, brauchst draußen nicht umherzugaffen und dir die Sonne in den Mund scheinen zu lassen. Flugs nimm den Sack hier, gehe hinaus auf die Getreidefelder und lies Ähren. Wage dich aber nicht eher nach Hause, als bis du den Sack damit gefüllt hast.« –

Niedergeschlagen ging der Knabe auf das erste Kornfeld und suchte fleißig Ähren auf, aber der Boden des Sackes war nach zwei Stunden kaum bedeckt. Die fleißigen Ortsbewohner hatten auf dem Feld bereits Nachlese gehalten und nur wenige Halme liegen gelassen. Auch auf den andern Feldern hatte er denselben Erfolg und am Abend war der Sack noch nicht bis zur Hälfte gefüllt.

Die Sonne ging unter. Da traten dem kleinen Peter die Tränen in die Augen und er wußte keinen Ausweg in seiner Not.

»Warum weinst du, mein Sohn«, ließ sich plötzlich eine Stimme vernehmen und ein alter Jägersmann stand an seiner Seite.

Peter erzählte unter Tränen treuherzig sein Leid, wie die böse Muhme ihn tagtäglich peinige und ihm das Leben sauer mache.

»Dann müßte sie eine tüchtige Strafe erhalten, denn es ist grausam, dir solche Aufträge zu erteilen, deren Ausführung unmöglich ist.«

»Nein«, entgegnete der Knabe, »ich möchte nur, daß die Muhme einmal fröhlich würde, den ganzen Tag lachte und vor Freude in die Luft spränge.«

»Dann soll dir und ihr geholfen werden, mein Sohn«, war die Antwort des Jägers. Er zog darauf ein kleines Pfeifchen hervor und pfiff so laut, daß es in den Ohren gellte. Im Nu rauschte ein großer Schwarm Sperlinge hernieder. Sie lasen die Halme mit ihren Schnäbeln auf, trugen sie auf ein Häufchen zusammen und der Jäger wies darauf hin und sagte: »Hier, mein Sohn, fülle den Sack damit an.«

Peter gehorchte voller Freude und der Jäger legte hierauf den vollen Sack auf seine Schulter, doch er war so leicht, als wenn gar nichts darin wäre. Als er sich umwandte, seinem Wohltäter zu danken, war dieser verschwunden; die Sperlinge aber begleiteten ihn bis ins Dorf und an ihrem Zwitschern erkannte er, daß es seine Freunde vom Winter her waren.

Die Muhme empfing ihn wieder mit mürrischem Gesicht, aber als sie ihm keine Vorwürfe machte, meinte Peter, er habe sie versöhnt.

Seine Annahme aber war ein Irrtum. Kaum graute der Morgen, so erschien die Alte vor seinem Bett und rief laut: »Stehe fix auf und fang' ein Gericht Fische im Teiche, daß ich sie deinem Vater, der krank geworden ist, kochen kann. Kommst du mit leeren Händen zurück, so kann ich ihm nichts zu essen geben und die Krankheit verschlimmert sich.«

Peter nahm sein kleines Fischnetz und ging hinaus zum Teiche. Die Krankheit des Vaters hatte ihn traurig gestimmt und er nahm sich vor, fleißig zu fischen, um dem kranken Vater ein Gericht zu seiner Stärkung zu verschaffen. Aber Stunde um Stunde verging, der Mittag kam und das Netz blieb leer. Vor Angst weinend schaute er nach dem alten Jäger aus und richtig! – da stand er wieder am Bachesrand, der alte freundliche Mann.

»Schon wieder Kummer, Peterchen, und Tränen im Auge, scheinst nahe ans Wasser gebaut zu haben, oder hat dir die hartherzige Muhme wieder einen Auftrag gegeben, der dir mißfällt«, begann der Jäger.

»So ist's«, entgegnete der Knabe, »dies Netz voll Fische nach Hause zu bringen, ist diesmal ihr Begehr.«

Da pfiff der Jäger wieder auf seinem Pfeifchen. Da kam ein großer Hecht herangeschwommen und trieb eine Menge kleiner Fische vor sich her, die schlüpften alle in das Netz und Peter mußte es mehrmals ausleeren. Helle Freude ging über sein Gesicht und mit inniger Freude dankte er seinem Wohltäter.

»Kennst du aber dort den großen Fisch nicht mehr? Es ist derselbe, den du aus dem Fischkasten genommen und in den Bach getragen hast.«

Verwundert schaute Peter dem Fische so lange als möglich nach, der jetzt langsam im Teiche hinschwamm. Wieder war der rätselhafte Jägersmann verschwunden und Peter lief glücklich und hocherfreut nach Hause; von dem Fange konnte sich der Vater viele Tage lang satt essen.

Als der Knabe die Aufträge der Muhme pünktlich ausgeführt hatte, beschlich sie tödlicher Haß auf den Knaben und schon am andern Morgen hatte sie eine neue Bosheit ersonnen. Sie wollte den Knaben gar zu gern los sein. Darum herrschte sie ihn an: »Flugs, eile dich, deines Vaters Krankheit ist ernster geworden, hier kann nur noch eine Pflanze, das Wurzelmännchen genannt, helfen. Aber es wächst nur auf jenem Teil des Gebirges, wo der Herr des Gebirges, Rübezahl, haust. Ruf' ihn und wenn er erscheint, so bitte ihn um das Wurzelmännchen für deinen kranken Vater. Bleib aber so lange im Gebirge und ruf ihn, bis er deine Bitte gewährt.« Dabei dachte sie in ihrem arglistigen Herzen: »Nun bin ich den verwünschten Jungen los, denn Rübezahl wird ihm den Hals umdrehen, wenn er ihn bei seinem Spottnamen ruft.«

Peter ergriff seinen Stab, pfiff sich ein lustiges Liedlein und trabte wohlgemut dem Gebirge zu. Wohl hatte er von seinen Schulkameraden allerlei Schauergeschichten von »Herrn Johannes«, wie sich Rübezahl selbst bezeichnete, gehört, doch tröstete er sich mit der Überzeugung, daß auch der Berggeist ihn nicht mehr Leides antun könne als die böse Muhme daheim.

Eben wollte er, auf einer Anhöhe des Gebirges angekommen, seinen Mund zu einem kräftigen »Rübezahl, Rübezahl!« öffnen, als eine Stimme hinter ihm rief: »Nun, mein Peterchen, willst wohl verreisen? Oder hat dir die Muhme den Laufpaß gegeben; willst du den alten kranken Vater verlassen?«

»Nein«, antwortete der Knabe dem freundlichen Jäger – denn dieser war es –, »denkt Euch, ich soll Rübezahl aufsuchen und von ihm ein Wurzelmännchen holen, davon wird der Vater gesund werden, sagt die Muhme.«

»Aber fürchtest du dich nicht vor dem mächtigen Berggeist?«

»Bewahre, wie wird er wohl! Der straft Leute, die ihn verhöhnen, ich aber komme, daß er meinem kranken Vater helfen soll. Und wenn dabei ein paar Püffe und Schläge abfallen, so sind sie mir nichts Neues, denn sie sitzen in der Hand der Muhme immer gewaltig locker.«

Belustigt entgegnete der fremde Jägersmann. »Du bist ein Prachtkerl, kleiner Peter, aber vielleicht wird dir dein Rufen nichts helfen, der Berggeist ist zuweilen verreist. Wir Forstleute bringen unsere Zeit meist im Walde zu und kennen alle Kräuter und Wurzeln und sind wohlvertraut mit ihren heilenden Wirkungen. Hier hast du ein Wurzelmännchen, hänge es deinem Vater um den Hals, so wird er gesund werden.«

Der Fremde verschwand vor Peters Augen. Dieser aber eilte, das Wurzelmännchen fest in der Hand haltend, in seine väterliche Behausung.

Die Muhme kam ihm schon in der Tür entgegen mit einem gar grimmigen Gesicht und murmelte: »Unkraut vergeht nicht.« Da hielt ihr Peter den Wurzelmann grade vor die Nase. Es war ein wunderliches Geschöpf mit dickem, boshaft grinsendem Kopf und einem daran hängenden langen Zopf, dessen Länge diejenige des ganzen Männchens bei weitem übertraf. In demselben Augenblick, als der Knabe der Alten den Wurzelmann zeigt, ging mit dieser eine wunderbare Wandlung vor, sie lachte und sprang hoch in die Luft vor ausgelassener Freude den ganzen Tag über, so daß sie am Abend müde und zerschlagen war von allem Toben und Tanzen. Aus Angst, daß sich diese Vorgänge wiederholen würden, schnürte sie ihr Bündel und verschwand aus dem Dorfe.

Da fiel es dem kleinen Peter wieder ein, wie er gegen den Jägersmann, als er ihm das erstemal begegnete, geäußert hatte, er wünsche, daß die Muhme einen ganzen Tag lachen und springen müsse, und nun kam ihm die Erkenntnis, daß Rübezahl selbst ihm unter jener Gestalt erschienen sei und dieser ihm die Ähren, die Fische und das Wurzelmännchen geschenkt habe.

Peter hatte nun gute Tage, denn der Vater wurde wieder gesund. Er ging mit ihm fleißig auf die Arbeit und half ihm mit Rat und Tat, so daß sie bald rüstig vorwärts kamen und der Vater viel Freude an seinem Sohn erlebte. Die Muhme aber soll vor Neid und Mißgunst gestorben sein.

7. Glaser Steffen und sein Weib Ilse

So sehr sich's auch der Bauer Veit, dessen Erlebnis wir früher behandelten, hatte angelegen sein lassen, den wahren Ursprung seines Glückes zu verhehlen, um nicht ungestüme Bittsteller anzureizen, den Berggeist um ähnliche Spenden mit dreister Zudringlichkeit zu überlaufen, so wurde die Sache doch endlich ruchbar; denn wenn das Geheimnis des Mannes der Frau zwischen den Lippen schwebt, weht es das kleinste Lüftchen fort, wie eine Seifenblase vom Strohhalm. Veits Frau vertraut's einer verschwiegenen Nachbarin, diese ihrer Gevatterin, diese ihrem Herrn Paten, dem Dorfbarbier, dieser allen seinen Bartkunden; so kam's im Dorfe und hernach im ganzen Kirchspiele herum. Da spitzten die verdorbenen Hauswirte, die Lungerer und Müßiggänger das Ohr, zogen scharenweise ins Gebirge, reizten den Berggeist durch Zurufe und beschworen ihn, zu erscheinen. Zu ihnen gesellten sich Schatzgräber und Landstreicher, die das Gebirge durchkreuzten, allenthalben in die Erde gruben und den Schatz in der Braupfanne zu heben vermeinten. Rübezahl ließ sie eine Zeitlang ihr Wesen treiben, wie sie Lust hatten, achtete es der Mühe nicht wert, sich über die Kerle zu erzürnen, trieb nur seinen Spott mit ihnen, ließ zur Nachtzeit da und dort ein blaues Flämmchen auflodern und wenn die Laurer kamen, ihre Hüte und Mützen darauf warfen, ließ er sie manchen schweren Geldtopf ausgraben, den sie mit Freude heimtrugen, neun Tage lang stillschweigend verwahrten, und wenn sie nun hinkamen, den Schatz zu besehen, fanden sie Unrat im Topf oder Scherben und Steine. Gleichwohl ermüdeten sie nicht, das alte Spiel wieder anzufangen und neuen Unfug zu treiben. Darüber wurde der Geist endlich unwillig, stäupte das lose Gesindel durch einen kräftigen Steinhagel aus seinem Gebiete hinaus und wurde gegen alle Wanderer so barsch und ärgerlich, daß keiner ohne Furcht das Gebirge betrat, auch selten ohne Staupe entrann und der Name Rübezahl wurde nicht mehr gehört im Gebirge seit Menschengedenken.

Eines Tages sonnte sich der Berggeist an der Hecke seines Gartens; da kam ein Weib ihres Weges daher in großer Unbefangenheit, die durch ihren sonderbaren Aufzug seine Aufmerksamkeit auf sich zog. Sie hatte ein Kind an der Brust liegen, eines trug sie auf dem Rücken, eines leitete sie an der Hand und ein etwas größerer Knabe trug einen leeren Korb nebst einem Rechen; denn sie wollte eine Last Laub fürs Vieh laden. Eine Mutter, dachte Rübezahl, ist doch wahrlich ein gutes Geschöpf, schleppt sich mit vier Kindern, wartet dabei ihres Berufs ohne Murren und wird sich noch mit der Bürde des Korbes belasten müssen.

Diese Betrachtung versetzte ihn in eine gutmütige Stimmung, die ihn geneigt machte, sich mit der Frau in Unterredung einzulassen. Sie setzte ihre Kinder auf den Rasen und streifte Laub von den Büschen; indes wurde den Kleinen die Zeit lang und sie fingen an, heftig zu schreien. Alsbald verließ die Mutter ihre Geschäfte, spielte und tändelte mit den Kindern, nahm sie auf, hüpfte mit ihnen singend und scherzend herum, wiegte sie in Schlaf und ging wieder an ihre Arbeit.

Bald darauf stachen die Mücken die kleinen Schläfer, sie fingen ihre Schreierei von neuem an; die Mutter wurde darüber nicht ungeduldig, sie lief ins Holz, pflückte Erdbeeren und Himbeeren und legte das kleinste Kind an die Brust. Diese mütterliche Behandlung gefiel Rübezahl ungemein wohl. Allein der Schreier, der vorher auf der Mutter Rücken ritt, wollte sich durch nichts beruhigen lassen, er war ein störrischer, eigensinniger Junge, der die Erdbeeren, die ihm die liebreiche Mutter darreichte, von sich warf und dazu schrie, als wenn er am Spieß stäke. Darüber riß ihr doch endlich die Geduld: »Rübezahl«, rief sie, »komm' und friß mir den Schreier!«

Sofort stand der Berggeist in der Gestalt eines Köhlers vor dem Weibe und sprach: »Hier bin ich, was ist dein Begehr?« Die Frau geriet über diese Erscheinung in großen Schrecken; da sie aber ein frisches, herzhaftes Weib war, sammelte sie sich bald und faßte Mut. »Ich rief dich nur«, sprach die Mutter Ilse, »meine Kinder schweigsam zu machen; nun sie ruhig sind, bedarf ich deiner nicht, sei bedankt für deinen guten Willen.« »Weißt du auch«, entgegnete der Geist, »daß man mich hier nicht ungestraft ruft? Ich halte dich beim Worte, gib mir deinen Schreier, daß ich ihn fresse; so ein leckerer Bissen ist mir lange nicht vorgekommen.«

Darauf streckte er die rußige Hand aus, den Knaben in Empfang zu nehmen.

Wie eine Gluckhenne, wenn der Hühnerhabicht hoch über dem Dache in den Lüften schwebt oder der schäkerhafte Spitz auf dem Hofe hetzt, mit ängstlichem Glucksen vorerst ihre Küchlein in den sichern Hühnerkorb lockt, dann ihr Gefieder emporsträubt, die Flügel ausbreitet und mit dem stärkeren Feinde einen ungleichen Kampf beginnt, so fiel das Weib dem schwarzen Köhler wütig in den Bart, ballte die kräftige Faust und rief: »Ungetüm, das Mutterherz mußt du mir erst aus dem Leibe reißen, eh' du mir mein Kind raubst.«

Eines so mutvollen Angriffs hatte sich Rübezahl nicht versehen, er wich gleichsam schüchtern zurück; dergleichen handfeste Erfahrung in der Menschenkunde war ihm noch nie vorgekommen. Er lächelte das Weib freundlich an: »Entrüste dich nicht! Ich bin kein Menschenfresser, wie du wähntest, will dir und deinen Kindern auch kein Leides tun; aber laß mir den Knaben; der Schreier gefällt mir, ich will ihn halten wie einen Junker, will ihn in Samt und Seide kleiden und einen wackern Kerl aus ihm ziehen, der Vater und Brüder einst nähren soll. Fordere hundert Schreckenberger,[1] ich zahle sie dir.«

»Ha!« lachte das rasche Weib, »gefällt Euch der Junge? Ja, das ist ein Junge wie'n Daus, der wäre mir nicht um aller Welt Schätze feil.«

»Törin!« versetzte Rübezahl, »hast du nicht noch drei Kinder, die dir Last und Überdruß machen! Mußt sie kümmerlich nähren und dich mit ihnen plagen Tag und Nacht.«

»Wohl wahr, aber dafür bin ich Mutter und muß tun, was meines Berufes ist. Kinder machen Überlast, aber auch manche Freude.«

»Schöne Freude, sich mit den Bälgen tagtäglich zu schleppen, sie zu gängeln, zu säubern, ihre Unart und ihr Geschrei zu ertragen!«

1   Eine alte sächsische Silbermünze, nach heutigem Gelde etwa 25 Pfennige im Werte.

»Wahrlich, Herr, Ihr kennt die Mutterfreuden wenig. Alle Arbeit und Mühe versüßt ein einziger freundlicher Anblick, das holde Lächeln und Lallen der kleinen unschuldigen Würmer. – Seht mir nur den Goldjungen da, wie er an mir hängt, der kleine Schmeichler! Nun ist er's nicht gewesen, der geschrien hat. – Ach, hätte ich doch hundert Hände, die euch heben und tragen und für euch arbeiten könnten, ihr lieben Kleinen!«

»So! Hat denn dein Mann keine Hände, die arbeiten können?«

»O ja, die hat er! Er rührt sie auch, und ich fühl's zuweilen.«

»Wie? Dein Mann erkühnt sich, die Hand gegen dich aufzuheben? Gegen solch ein Weib? Das Genick will ich ihm brechen, dem Mörder!«

»Da hättet Ihr traun viel Hälse zu brechen, wenn alle Männer mit dem Halse büßen sollten, die sich an der Frau vergreifen. Die Männer sind eine schlimme Nation; drum heißt's: Eh'stand, Weh'stand; muß mich drein ergeben, warum hab' ich gefreit.«

»Nun ja, wenn du wußtest, daß die Männer eine schlimme Nation sind, so war's auch ein dummer Streich, daß du freitest.«

»Möglich! Aber Steffen war ein flinker Kerl, der guten Erwerb hatte und ich eine arme Dirne ohne Heiratsgut. Da kam er zu mir, begehrte mich zur Eh', gab mir einen Wildemannstaler auf den Kauf und der Handel war gemacht. Nachher hat er mir den Taler wieder abgenommen, aber den wilden Mann hab' ich noch.«

Der Geist lächelte: »Vielleicht hast du ihn wild gemacht durch deinen Starrsinn.«

»Oh, den hat er mir schon ausgetrieben! Aber Steffen ist ein Knauser; wenn ich ihm einen Groschen abfordere, so rasaunt er im Hause ärger als Ihr zu Zeiten im Gebirge, wirft mir meine Armut vor und da muß ich schweigen. Wenn ich ihm eine Aussteuer zugebracht hätte, wollt' ich ihm schon den Daumen aufs Auge halten.«

»Was treibt dein Mann für ein Gewerbe?«

»Er ist Glashändler, muß sich seinen Erwerb auch lassen sauer werden; schleppt da der arme Tropf die schwere Bürde aus Böhmen herüber jahraus, jahrein; wenn ihm nun unterwegs ein Glas zerbricht, muß ich's und die armen Kinder freilich entgelten; aber ich ertrag's.«

»Du kannst den Mann noch lieben, der dir so übel mitspielt?«

»Warum nicht lieben? Ist er nicht der Vater meiner Kinder? Die werden alles gut machen und uns wohl lohnen, wenn sie groß sind.«

»Leidiger Trost! Die Kinder danken auch der Eltern Müh' und Sorgen! Die Jungen werden dir noch den letzten Heller auspressen, wenn sie der Kaiser zum Heere schickt ins ferne Ungarland, daß die Türken sie erschlagen.«

»Ei nun, das kümmert mich auch nicht; werden sie erschlagen, so sterben sie für den Kaiser und fürs Vaterland in ihrem Beruf; können aber auch Beute machen und die armen Eltern pflegen.«

Hierauf erneuerte der Geist den Knabenhandel nochmals; doch das Weib würdigte ihn keiner Antwort, raffte das Laub in den Korb, band oben drauf den kleinen Schreier mit der Leibschnur fest und Rübezahl wandte sich, als wollte er weitergehen. Weil aber die Bürde zu schwer war, daß das Weib nicht aufkommen konnte, rief sie ihn zurück: »Ich hab' Euch einmal gerufen«, sprach sie, »helft mir nun auch auf, und wenn Ihr ein übriges tun wollt, so schenkt dem Knaben, der Euch gefallen hat, ein Gutfreitagsgröschel[2] zu einem Paar Semmeln; morgen kommt der Vater heim, der wird uns Weißbrot aus Böhmen mitbringen.« Der Geist antwortete: »Aufhelfen will ich dir wohl; aber gibst du mir den Knaben nicht, so soll er auch keine Spende haben.« »Auch gut!« versetzte die Frau und ging ihres Weges.

Je weiter sie ging, je schwerer wurde der Korb, daß sie unter der Last schier erlag und alle zehn Schritte verschnaufen mußte. Das schien ihr nicht mit rechten Dingen zuzugehen; sie wähnte, Rübezahl habe ihr einen Possen gespielt und eine Last Steine unter das Laub geschmuggelt; darum setzte sie den Korb ab auf dem nächsten Rande und stürzte ihn um. Doch es fielen eitel Laubblätter heraus und keine Steine. Also füllte sie ihn wieder zur Hälfte und raffte noch so viel Laub in die Schürze, als sie darein fassen konnte; aber bald war ihr die Last von neuem zu schwer und sie mußte nochmals ausleeren, welches die rüstige Frau groß wunder nahm; denn sie hatte gar oft hochgeschichtete Graslasten heimgetragen und solche Mattigkeit noch nie gefühlt. Demungeachtet beschickte sie bei ihrer Heimkunft den Haushalt, warf den Ziegen und den jungen Zicklein das Laub vor, gab den Kindern das Abendbrot, brachte sie in Schlaf, betete ihren Abendsegen und schlief flugs und fröhlich ein.

2   Eine schlesische Münze, einen Dreier an Wert, welche ehedem die Fürsten von Liegnitz prägen und auf den Karfreitag an die Armen zum Almosen verteilen ließen.

Die frühe Morgenröte und der wache Säugling, der mit lauter Stimme sein Frühstück verlangte, weckten das geschäftige Weib zu ihrem Tagewerk aus dem gesunden Schlaf. Sie ging zuerst mit dem Melkeimer ihrer Gewohnheit nach zum Ziegenstalle. Welch schreckensvoller Anblick! Das gute, nahrhafte Haustier, die alte Ziege, lag da hart und steif, hatte alle viere von sich gestreckt und war verschieden; die Zicklein aber verdrehten die Augen gräßlich im Kopfe, steckten die Zunge von sich und gewaltsame Zuckungen verrieten, daß sie der Tod ebenfalls schüttele. So ein Unglücksfall war der guten Frau noch nicht begegnet, seitdem sie wirtschaftete; ganz betäubt von Schreck sank sie auf ein Bündlein Stroh hin, hielt die Schürze vor die Augen, denn sie konnte den Jammer der sterbenden Tiere nicht ansehen und seufzte tief: »Ich unglückliches Weib, was fang' ich an! Und was wird mein harter Mann beginnen, wenn er nach Hause kommt? Ach, hin ist mein ganzer Gottessegen auf dieser Welt!« –

Augenblicklich strafte sie das Herz dieses Gedankens wegen. »Wenn das liebe Vieh dein ganzer Gottessegen ist auf dieser Welt, was ist denn Steffen und was sind deine Kinder?« Sie schämte sich ihrer Übereilung; laß fahren dahin aller Welt Reichtum, dachte sie, hast du doch noch deinen Mann und deine vier Kinder. Wenn's auch einen Strauß mit Steffen setzt und er mich übel schlägt, was ist's mehr als ein böses Stündlein? Habe ich doch nichts verwahrlost. Die Ernte steht bevor, da kann ich schneiden gehen und auf den Winter will ich spinnen bis in die tiefe Mitternacht; eine Ziege wird ja wohl wieder zu erwerben sein und habe ich die, so wird's auch nicht an Zicklein fehlen.

Indem sie das bei sich dachte, ward sie wieder frohen Mutes, trocknete ihre Tränen ab und wie sie die Augen aufhob, lag da vor ihren Füßen ein Blättlein, das flitterte und blinkte so hell, so hochgelb wie gediegen Gold. Sie hob es auf, besah's und es war schwer wie Gold. Rasch sprang sie auf, lief damit zu ihrer Nachbarin, der Trödlersfrau, zeigte ihr den Fund mit großer Freude und diese erkannte es für reines Gold, handelte es ihr ab und zählte ihr dafür zwei Dicktaler bar auf den Tisch. Vergessen war nun all ihr Herzeleid. Solchen Schatz an Barschaft hatte das arme Weib noch nie im Besitz gehabt. Sie lief zum Bäcker, kaufte Stietzel und Butterkringel und eine Hammelkeule für Steffen, die sie zurichten wollte, wenn er müde und hungrig auf den Abend von der Reise käme. Wie zappelten die Kleinen der fröhlichen Mutter entgegen, da sie hereintrat und ihnen ein so ungewohntes Frühstück austeilte! Sie überließ sich ganz der mütterlichen Freude, die hungrige Kinderschar satt zu machen und nun war ihre erste Sorge, das ihrer Meinung nach von einer Hexe verzauberte Vieh beiseite zu schaffen und dieses häusliche Unglück vor dem Manne so lange als möglich zu verheimlichen. Aber ihr Erstaunen ging über alles, als sie von ungefähr in den Futtertrog sah und einen ganzen Haufen goldener Blätter darin erblickte. Da schärfte sie geschwind das Küchenmesser, öffnete den Leib der Ziege und fand im Magen einen Klumpen Gold, so groß als ein großer Apfel und so auch nach Verhältnis in den Magen der Zicklein.

Jetzt wußte sie ihres Reichtums kein Ende; doch damit empfand sie auch die drückenden Sorgen desselben; sie wurde unruhig, scheu, fühlte Herzklopfen, wußte nicht, ob sie den Schatz in die Lade verschließen oder in die Erde vergraben sollte, fürchtete Diebe und Schatzgräber, wollte auch den Knauser Steffen nicht gleich alles wissen lassen aus gerechter Besorgnis, daß er, vom Wuchergeist angetrieben, den Mammon an sich nehmen und sie dennoch nebst den Kindern darben lassen möchte. Sie sann lange, wie sie's klug damit anstellen könnte und fand keinen Rat.

Der Pfarrer im Dorfe nahm sich aller Bedrängten gern an und stand seinen Pfarrkindern mit Rat und Tat zur Seite. Ungerechtigkeiten duldete er nicht in der Gemeinde und auch den mürrischen Steffen hatte er schon wiederholt zur Rede gestellt. Zu ihm nahm das Weib ihre Zuflucht, berichtete ihm unverhohlen das Abenteuer mit Rübezahl, wie er ihr zu großem Reichtum verholfen und was sie dabei für Anliegen habe und bezeugte auch die Wahrheit der Sache mit dem ganzen Schatze, den sie bei sich trug. Der Pfarrer wunderte sich aufs höchste über die Begebenheit, freute sich aber zugleich über das Glück des armen Weibes und rückte darauf sein Käpplein hin und her, für sie guten Rat zu suchen, um ohne Spuk und Aufsehen sie im ruhigen Besitz ihres Reichtums zu erhalten und auch Mittel aufzufinden, daß der zähe Steffen sich desselben nicht bemächtigen könnte.

Nachdem er lange überlegt hatte, redete er also: »Hör' an, meine Tochter, ich weiß guten Rat für alles. Wäge mir das Gold zu, daß ich dir's treulich aufbewahre; dann will ich einen Brief schreiben in welscher Sprache, der soll dahin lauten: Dein Bruder, der vor Jahren in die Fremde ging, sei in der Venediger Dienst nach Indien geschifft und daselbst gestorben und habe all sein Gut dir im Testament vermacht, mit dem Beding, daß der Pfarrer des Kirchspiels dich bevormunde, damit es dir allein und keinem andern zunutze komme. Ich begehre weder Lohn noch Dank von dir; nur gedenke, daß du der heiligen Kirche einen Dank schuldig bist für den Segen, den dir der Himmel beschert hat, und gelobe ein reiches Meßgewand in die Sakristei.« Dieser Rat behagte dem Weibe herrlich; sie gelobte dem Pfarrer das Meßgewand; er wog in ihrem Beisein das Gold gewissenhaft bis auf ein Quentchen aus, legte es in den Kirchenschatz und das Weib schied mit frohem und leichtem Herzen von ihm.

Rübezahl haßte das ganze Geschlecht um eines Mädchens willen, das ihn überlistet hatte, ob ihn gleich seine Laune zuweilen auf den milden Ton stimmten, ein einzelnes Weiblein in Schutz zu nehmen und ihr gefällig zu sein. So sehr die wackere Frau des Glasers mit ihren Gesinnungen und Benehmen seine Gewogenheit erworben hatte, so ungehalten war er auf den barschen Steffen und trug großes Verlangen, das biedere Weib an ihm zu rächen, ihm einen Possen zu spielen, daß ihm angst und weh dabei würde, und ihn dadurch so zahm zu machen, daß er der Frau untertan würde und sie ihm nach Wunsche den Daumen aufs Auge halten könne. Zu diesem Behufe sattelte er den raschen Morgenwind, saß auf und galoppierte über Berg und Tal, spionierte wie ein Kundschafter auf allen Landstraßen und Kreuzwegen von Böhmen umher und wo er einen Wanderer erblickte, der eine Bürde trug, war er hinter ihm her und forschte nach seiner Ladung. Zum Glück führte kein Wanderer, der diese Straße zog, Glaswaren, sonst hätte er für Schaden und Spott nicht sorgen dürfen, ohne einen Ersatz zu hoffen, wenn er auch gleich der Mann nicht gewesen wäre, den Rübezahl suchte.

Bei diesen Anstalten konnte ihm der schwer beladene Steffen allerdings nicht entgehen. Um die Vesperzeit kam ein rüstiger, frischer Mann angeschritten, mit einer großen Bürde auf dem Rücken. Unter seinem festen, sicheren Tritt ertönte jedesmal die Last, die er trug. Rübezahl freute sich, sobald er ihn von der Ferne witterte, daß ihm nun seine Beute gewiß war und rüstete sich, seinen Meisterstreich auszuführen. Der keuchende Steffen hatte beinahe das Gebirge erstiegen; nur die letzte Anhöhe war noch zu gewinnen, so ging es bergab nach der Heimat zu, darum sputete er sich, den Gipfel zu erklimmen; aber der Berg war steil und die Last war schwer. Er mußte mehr als einmal ruhen, stützte den knotigen Stab unter den Korb, um das drückende Gewicht zu mindern, und trocknete den Schweiß, der ihm in großen Tropfen vor der Stirn stand. Mit Anstrengung der letzten Kräfte erreichte er endlich die Zinne des Berges und ein schöner gerader Pfad führte zu dessen Abhang.

Mitten am Wege lag ein abgesägter Fichtenbaum und der Überrest des Stammes stand daneben, kerzengerade und aufrecht, oben geebnet wie ein Tischblatt. Ringsumher grünten in großen Mengen Gräser und Kräuter. Dieser Anblick war dem ermüdeten Lastträger so anlockend und zu einem Ruheplatz so bequem, daß er alsbald den schweren Korb auf den Klotz absetzte und sich gegenüber im Schatten auf das weiche Gras streckte. Hier übersann er, wieviel reinen Gewinn ihm seine Ware diesmal einbringen würde und fand nach genauem Überschlag, daß, wenn er keinen Groschen ins Haus verwendete und die fleißige Hand seines Weibes für Nahrung und Kleidung sorgen ließe, er gerade so viel lösen würde, um auf dem Markte zu Schmiedeberg sich einen Esel zu kaufen und zu befrachten. Der Gedanke, wie er in Zukunft dem Grauschimmel die Last aufbürden und gemächlich nebenher gehen würde, war ihm zu der Zeit, wo seine Schultern eben wund gedrückt waren, so herzquickend, daß er ihm, wie es bei frohen Zukunftsbildern sehr natürlich ist, weiter nachging. Ist einmal der Esel da, dachte er, so soll mir bald ein Pferd draus werden, und hab' ich nun den Rappen im Stalle, so wird sich auch ein Acker dazu finden, darauf sein Hafer wächst. Aus einem Acker werden dann leicht zwei, aus zweien vier, mit der Zeit eine Hufe und endlich ein Bauerngut und dann soll Ilse auch einen neuen Rock haben.

Er war mit seinen Plänen beinahe so weit fertig, da tummelte Rübezahl seinen Wirbelwind um den Holzklotz herum und stürzte mit einemmal den Glaskorb herunter, daß der zerbrechliche Kram in tausend Stücke zerfiel. Das war ein Donnerschlag in Steffens Herz; zugleich vernahm er in der Ferne ein lautes Gelächter, wenn's anders nicht Täuschung war und das Echo den Laut der zerschellten Gläser nur wiedergab. Er nahm's für Schadenfreude, und weil ihm der unmäßige Windstoß unnatürlich schien, auch, da er recht zusah, Klotz und Baum verschwunden waren, so riet er leicht auf den Unglücksstifter. »Oh!« wehklagte er, »Rübezahl, du Schadenfroh, was habe ich dir getan, daß du mein Stückchen Brot mir nimmst, meinen sauren Schweiß und Blut! Ach, ich geschlagener Mann auf Lebenszeit!«

Hierauf geriet er in eine Art von Wut, stieß alle erdenklichen Schmähreden gegen den Berggeist aus, um ihn zum Zorn zu reizen. »Halunke«, rief er, »komm und erwürge mich, nachdem du mir mein alles auf der Welt genommen hast!« In der Tat war ihm auch das Leben in dem Augenblick nicht mehr wert als ein zerbrochen Glas; Rübezahl ließ indessen weiter nichts von sich sehen noch hören.

Der verarmte Steffen mußte sich entschließen, wenn er nicht den leeren Korb nach Hause tragen wollte, die Bruchstücke zusammenzulesen, um auf der Glashütte wenigstens ein paar Spitzgläser zum Anfang eines neuen Gewerbes dafür einzutauschen. Tiefsinnig wie ein Schiffsherr, dessen Schiff der gefräßige Ozean mit Mann und Maus verschlungen hat, ging er das Gebirge hinab, schlug sich mit tausend schwermütigen Gedanken, machte zwischendrein dennoch auch allerlei Pläne, wie er den Schaden ersetzen und seinem Handel wieder aufhelfen könne. Da fielen ihm die Ziegen ein, die seine Frau im Stalle hatte; doch sie liebte sie schier wie ihre Kinder und im Guten, wußte er, waren sie ihr nicht abzugewinnen. Darum erdachte er diesen Kniff, sich seinen Verlust zu Hause gar nicht merken zu lassen, auch nicht bei Tage in seine Wohnung zurückzukehren, sondern um Mitternacht sich ins Haus zu schleichen, die Ziegen nach Schmiedeberg auf den Markt zu treiben und das daraus gelöste Geld zum Ankauf neuer Ware zu verwenden, bei seiner Zurückkunft aber mit dem Weibe zu hadern und sich ungebärdig zu stellen, als habe sie durch Unachtsamkeit das Vieh in seiner Abwesenheit stehlen lassen.

Mit diesem wohlersonnenen Vorhaben schlich der unglückliche Scherbensammler nahe beim Dorfe in einen Busch und wartete mit sehnlichem Verlangen die Mitternachtsstunde, um sich selbst zu bestehlen. Mit dem Schlag zwölf machte er sich auf den Diebsweg, kletterte über die niedrige Hoftür, öffnete sie von innen und schlich mit Herzpochen zum Ziegenstalle; er hatte doch Scheu und Furcht, vor seinem Weibe, auf einer unrechten Tat sich ertappen zu lassen. Wider Gewohnheit war der Stall unverschlossen, was ihn wunder nahm, ob's ihn gleich freute; denn er fand in dieser Fahrlässigkeit einen Schein Rechtens, sein Vornehmen damit zu beschönigen. Aber im Stalle fand er alles öde und wüste; da war nichts, was Leben und Odem hatte, weder Ziege noch Böcklein. Im ersten Schrecken vermeinte er, es habe ihm bereits ein Diebesgesell vorgegriffen, dem das Stehlen geläufiger sei als ihm; denn ein Unglück kommt selten allein.

Bestürzt sank er auf die Streu und überließ sich, da ihm auch der letzte Versuch, seinen Handel wieder in Gang zu bringen, mißlungen war, einer dumpfen Traurigkeit.

Seitdem die geschäftige Ilse vom Pfarrer wieder zurück war, hatte sie mit frohem Mute alles fleißig zugeschickt, ihren Mann mit einer guten Mahlzeit zu empfangen, wozu sie den Pfarrer auch eingeladen hatte, welcher verhieß, ein Kännlein Speisewein mitzubringen, um beim fröhlichen Gelag dem aufgemunterten Steffen von der reichen Erbschaft des Weibes Bericht zu geben und unter welcherlei Bedingungen er daran Genuß und Anteil haben solle. Sie sah gegen Abend fleißig zum Fenster hinaus, ob Steffen käme, lief aus Ungeduld hinaus vors Dorf, blickte mit ihren schwarzen Augen gegen die Landstraße hin, war bekümmert, warum er so lange weile, und da die Nacht hereinbrach, folgten ihr bange Sorgen und Ahnungen in die Schlafkammer, ohne daß sie ans Abendbrot dachte. Lange kam ihr kein Schlaf in die ausgeweinten Augen, bis sie gegen Morgen in einen unruhigen, matten Schlummer fiel.

Den armen Steffen quälten Verdruß und Langeweile im Ziegenstall nicht minder; er war niedergedrückt und kleinlaut, daß er sich nicht getraute, an die Tür zu klopfen. Endlich kam er doch hervor, pochte ganz verzagt an und rief mit wehmütiger Stimme: »Liebes Weib, erwache und tu auf deinem Manne!« Sobald Ilse seine Stimme vernahm, sprang sie flink vom Lager wie ein munteres Reh, lief an die Tür und umhalste ihren Mann mit Freuden; er aber erwiderte diese herzigen Liebkosungen gar kalt und frostig, setzte seinen Korb ab und warf sich mißmutig auf die Ofenbank. Wie das fröhliche Weib das Jammerbild sah, ging's ihr ans Herz. »Was fehlt dir, lieber Mann«, sprach sie bestürzt, »was hast du?« Er antwortete nur durch Stöhnen und Seufzen; dennoch fragte sie ihm bald die Ursache des Kummers ab und weil ihm das Herz zu voll war, konnte er sein erlittenes Unglück dem trauten Weibe nicht länger verhehlen. Da sie vernahm, daß Rübezahl den Schabernack verübt hatte, erriet sie leicht die wohltätige Absicht des Geistes und konnte sich des Lachens nicht erwehren, welches Steffen bei erregterer Gemütsverfassung ihr übel würde gelohnt haben. Jetzt rügte er den scheinbaren Leichtsinn nicht weiter und fragte nur ängstlich nach dem Ziegenvieh. Das reizte noch mehr des Weibes Lachen, da sie bemerkte, daß der Hausvogt schon allenthalben umherspioniert hatte. »Was kümmert dich mein Vieh?« sprach sie, »hast du doch noch nicht nach den Kindern gefragt; das Vieh ist wohl aufgehoben draußen auf der Weide. Laß dich auch den Tück von Rübezahl nicht anfechten und gräme dich nicht; wer weiß, wo er oder ein anderer uns reichen Ersatz dafür gibt.« »Da kannst du lange warten«, sprach der Hoffnungslose. »Ei nun«, versetzte das Weib, »unverhofft kommt oft. Sei unverzagt, Steffen! Hast du gleich keine Gläser und ich keine Ziegen mehr, so haben wir doch vier gesunde Kinder und vier gesunde Arme, sie und uns zu ernähren; das ist unser ganzer Reichtum.« »Ach, daß es Gott erbarme!« rief der bedrängte Mann, »sind die Ziegen fort, so trage die vier Bälge nur gleich ins Wasser, nähren kann ich sie nicht.« »Nun, so kann ich's«, sprach Ilse.

Bei diesen Worten trat der freundliche Pfarrer herein, hatte vor der Tür schon die ganze Unterredung abgelauscht, nahm das Wort, hielt Steffen eine lange Predigt über den Text, daß der Geiz eine Wurzel alles Übels sei; und nachdem er ihm das Gesetz genugsam geschärft hatte, verkündigte er ihm nun auch die frohe Botschaft von der reichen Erbschaft des Weibes, zog den welschen Brief heraus und übersetzte ihm darauf, daß der zeitige Pfarrherr in Kirsdorf zum Vollstrecker des Testaments bestellt sei und die Hinterlassenschaft des abgeschiedenen Schwagers zu sicherer Hand bereits empfangen habe.

Steffen stand, da wie ein stummer Ölgötz, konnte nichts als sich dann und wann verneigen, wenn bei Erwähnung der durchlauchten Republik Venedig der Pfarrer ehrerbietig ans Käpplein griff. Nachdem er wieder ein wenig zur Besinnung gelangt war, fiel er dem trauten Weibe herzig in die Arme und versprach ihr, von jetzt ab sie nicht mehr rauh zu behandeln, sondern sie in Ehre und Liebe zu halten. Steffen wurde der geschmeidigste, gefälligste Ehemann, ein liebevoller Vater seiner Kinder und dabei ein fleißiger, ordentlicher Wirt; denn Müßiggang war nicht seine Sache.

Der redliche Pfarrer verwandelte nach und nach das Gold in klingende Münze und kaufte davon ein großes Bauerngut, worauf Steffen und Ilse wirtschafteten ihr Leben lang. Den Überschuß lieh er auf Zins und verwaltete das Kapital so gewissenhaft wie den Kirchenschatz und nahm keinen andern Lohn dafür als ein Meßgewand, das Ilse so prächtig machen ließ, daß kein Erzbischof sich desselben hätte schämen dürfen.

Die zärtliche, treue Mutter erlebte noch im Alter große Freude an ihren Kindern und Rübezahls Günstling wurde gar ein wackerer Mann, diente im Heer des Kaisers lange Zeit unter Wallenstein im Dreißigjährigen Kriege.

8. Susi und der Kräutermann

Der alte Köhler Christoph saß mit seinem Weibe Else an einem lauen Sommermorgen vor seinem Hüttchen. Vor ihnen führten Kinder ihren Ringelreigen auf, aber die Alten achteten nicht auf das Kinderspiel, sondern schienen einen schweren Kummer auf dem Herzen zu tragen. Vater Christophs Glieder waren seit Jahren gelähmt, so daß es wenig Verdienst gab und Armut und Entbehrung waren die ständigen Gäste in der armen, baufälligen Hütte. Oft konnte die Frau tagelang nicht arbeiten und für den Haushalt Geld schaffen, weil sie sich der Pflege ihres Mannes widmen mußte. Auch ihre kleinen Einnahmen aus dem gesponnenen Garn waren ausgeblieben, da Mutter Else bei ihrer Armut nicht imstande war, Flachs zu kaufen.

Vater Christoph stöhnte ob all des Kreuzes und Tränen rannen ihm über die Wangen.

»Vater«, hob da Else an, »laß deinen Mut und deine Freudigkeit nicht sinken. Kennst du nicht den herrlichen Liedervers aus dem Gesangbuche, der mit den Worten beginnt:

Denk nicht in deiner Drangsalshitze,
Daß du von Gott verlassen seist.

Siehe, der Dichter des Liedes, aus welchem jener Vers stammt: ›Wer nur den lieben Gott läßt walten‹, Georg Neumark, war, wie mir neulich unser lieber Herr Pfarrer, der dich so oft in deiner Krankheit besucht und tröstet, erzählte, in so bittere Not geraten, daß er seine liebe Geige versetzen mußte. Da fand er in seiner Herzensangst, wie von Gott gesandt, einen reichen Gönner, der ihm half. Aus Freude darüber sang er sein Lied: ›Wer nur den lieben Gott läßt walten‹. Das hat seither schon manche Träne getrocknet und manchen Kreuzesträger gestärkt.« Vater Christoph wurde ruhig und in frommer Ergebung sprachen seine zitternden Lippen:

»Denn welcher seine Zuversicht
Auf Gott setzt, den verläßt er nicht.«

Da schritt auf der Landstraße ein hübsches Mädchen einher, dem Dorfe zu. Es mußte einen weiten Weg zurückgelegt haben und schien ermüdet zu sein. Unter dem Arme trug die Kleine ein Bündel Kleider.

Als sie sich der Hütte näherte, rief sie den beiden Alten zu: »Grüß Gott! Könnt ihr mir wohl sagen, wo in diesem Dorfe der alte Köhler Christoph wohnt?«

»Der bin ich selbst«, antwortete der Alte und im nächsten Augenblicke lag das Mädchen an seinem Halse und schluchzte: »Ihr seid mein Oheim. Ich bin Eure Nichte, die Mutter ist vor einer Woche gestorben, ihr letzter Gruß galt Euch.«

Da trat Mutter Else herbei, streichelte dem Kinde die Wangen und sprach: »Sei uns herzlich willkommen, armes Kind, du bleibst von nun an bei uns. Wir wollen dich hegen und pflegen und lieben als unser eigenes Kind.« Christoph gab dem Kinde treuherzig die Hand und sprach: »Gott segne dich.«

Nun mußte Susi – so war ihr Name – in die Hütte eintreten, daß sie sich ausruhe und erfrische. Else bereitete ihr ein Lager von Heu und Blättern und auf ihrem ärmlichen Lager ruhte Suschen so süß wie auf weichem Flaum und liebliche Träume umgaukelten sie während der Nacht.

Seit Susis Ankunft war es im Hause lebhafter geworden. Frühmorgens schon sang sie mit silberheller Stimme ihre Lieder und begleitete sie am Abend mit der Zither, fröhliche Geschichten erzählte sie dem Oheim, so daß ihm zuweilen ein Lächeln ankam; aber Mutter Else blieb still und gedrückt. Sie sann immer darüber nach, wie sie dem Mädchen Kleidungsstücke und ein besseres Lager schaffen könnte, zumal der Winter im Anzuge war. Doch das gute Mütterchen fand trotz allen Grübelns keinen Ausweg.

So war sie denn eines Morgens in den Wald gegangen, um dürres Holz zum Feuermachen zu sammeln, als sie plötzlich eine Männerstimme hinter sich vernahm. Es war ein Kräutersammler, welcher einen Kasten mit Salben und Kräutern für Kranke auf der Schulter trug. Er grüßte Else und bot ihr seine Waren an.

»Ach«, erwiderte diese, »das Kräutlein, dessen ich bedarf, habt Ihr gewiß nicht in Eurem Kasten. Mein Mann ist schon jahrelang von der Gicht geplagt; ich würde für das Kraut, das ihm helfen könnte, mein liebstes Andenken, eine große Silbermünze, die mir mein Pate zur Einsegnung schenkte, mit Freuden daran geben.«

Der Fremde ging mit ihr zur Hütte. Dort hatte Susi schon fleißig gewirtschaftet, das Bett des Kranken gemacht, die Stube gefegt und die Fenster geöffnet. Der Kräutermann verwandte kein Auge von dem schmucken, flinken Mädchen.

»Ist das Eure Tochter?« fragte er Else.

»Nein, lieber Herr«, antwortete diese, »sie ist meiner Schwägerin Kind aus dem Böhmerlande, eine Waise, und erst seit kurzer Zeit bei uns.«

Nun wandte sich der Kräutermann dem Kranken zu, fragte nach der Art seines Leidens und nahm aus seiner Kräuterbüchse einen Büschel grünen, stark riechenden Krautes. Das mußte Else kochen und mit dem Wasser die lahmen Glieder des Kranken waschen. Eine Bezahlung wies der freundliche Mann zurück und erklärte, er wolle nur ein Stündchen in der Hütte ausruhen.

Inzwischen war Susi mit ihren Morgenarbeiten fertig geworden und fragte die Base, was sie nun schaffen solle.

»Kannst du spinnen, mein Kind?« erwiderte diese. Susi schüttelte den Kopf.

»Nun, so will ich es dich lehren. Siehe, mit der einen Hand ziehe ich den Faden, während die andere die Spindel dreht.«

Der Fremde aber trat dazwischen und sprach: »Ich habe ein neues Spinngerät zu Hause. Damit geht's weit flinker und geschickter, ich will es holen und wette, daß Susi in kürzerer Zeit ihre Weife bezieht als Ihr, Mutter Else.«

Schon wenige Stunden später kam der Kräutermann mit einem Spinnrade zurück, dessen Gebrauch den alten Köhlersleuten noch ganz unbekannt war. Es war ein zierlich gedrechseltes Gerät, oben stak auf dem Wockenstock ein Bündel Flachs, welches von einem Wockenbrief gehalten wurde, auf welchem ein sinniger Spruch stand. Flink drehte der Fremde das Rädchen, daß es summte und brummte, und Susi sah aufmerksam zu, wie er mit den Füßen trat, den Faden zog, befeuchtete, bis sich die Spindel mit Garn füllte.

»Das Spinnrad schenke ich dir, Susi«, sagte der Kräutermann, »du wirst viel Freude daran haben und mancher Gewinn wird deine Arbeit lohnen. Auch werde ich dir einen Garnhändler zuschicken, der dir deine Arbeit gut bezahlt.«

Nun spann das fröhliche Mädchen vom Morgen bis zum Abend, sang lustige Liedchen dazu und drehte das Rädchen so flink, daß Oheim und Base ihre helle Freude daran hatten. Der fremde Garnhändler kam jeden Sonnabend, um das Gespinst zu kaufen. Er lobte die feine, gleichmäßige Arbeit und zahlte reichlichen Lohn.

Auch mit dem kranken Christoph wurde es von Tag zu Tag besser, bald wurden die Glieder wieder gesund und kräftig und im nächsten Frühjahr hatte er seine völlige Gesundheit wiedererlangt.

Da versuchte er es, ein Spinnrad zu schnitzen, wie es Susi in Gebrauch hatte und siehe da! In wenigen Tagen war das Werk gelungen und Else konnte nun mit Susi um die Wette spinnen. Christophs Kunst wurde im Dorfe bekannt und in kurzer Zeit wollten die Frauen nur noch mit der »neuen Erfindung«, wie sie die Spinnräder nannten, spinnen. Durch die Anfertigung der Räder verdiente Christoph so viel Geld, daß schon ein gewisser Wohlstand in die arme kleine Hütte einkehrte.

Der Gedanke, daß ihr liebes Pflegekind noch immer auf Stroh und Heu schlafen müsse, beunruhigte Mutter Else indessen so, daß sie beschloß, auf dem Jahrmarkt in der Stadt ein Federbett zu kaufen. Bald hatte sie eins gefunden, das ihr gefiel, aber die kleine Summe, die sie dafür bestimmt hatte, reichte nicht aus, so daß sie von dem Kaufe Abstand nehmen mußte.

Gar traurig ging sie von dannen. Plötzlich stand der gute Kräutermann vor ihr, überrascht erfaßte sie seine Hand, erzählte ihm, daß ihr Mann gesund geworden sei und dankte ihm für seine Hilfe. Der Fremde aber antwortete nicht, sondern drückte ihr ein Geldstück in die Hand, welches so viel galt, daß sie das Federbett als Eigentum erwerben konnte.

Mit fröhlichem Herzen kaufte die gute Else noch mancherlei Gerätschaften und Bedürfnisse für den Haushalt ein und trug alle in ihre Herberge, von welcher aus ein junger Bauer aus ihrem Dorfe sie und ihre Einkäufe auf seinem Wagen nach Hause fuhr. Am offenen Fenster saß Susi, drehte ihr flinkes Rädchen und sang ein munteres Liedchen, als der junge Bauer vor dem Häuschen hielt. Verwundert hörte er dem Gesange der fleißigen Spinnerin zu. Als sie die Base bemerkte, sprang sie fröhlich aus dem Hause und schickte sich an, das Bett in das Haus zu tragen.

Da ging dem jungen Landmann der Gedanke auf, wie glücklich er sein würde, wenn einmal das liebevolle, muntere und fleißige Mädchen sein Weib würde. Dem Gedanken folgte die Tat. Eines Sonntags kehrte er im Feiertagsgewand in der Hütte des alten Christoph ein und bat ihn und sein Weib um die Hand Susis. Er war ein guter, ordentlicher Bursche und darum erhielt er ihre freudige Zustimmung. Susi knüpfte an ihr Jawort nur die eine Bedingung, daß ihre lieben Pflegeeltern mit ihr zogen, um in ihrem neuen Heim einen sorgenfreien Lebensabend zu verbringen. Darin willigte der junge Bauer mit Freuden und die Hochzeit ward auf das Osterfest festgesetzt.

Nur ein Gedanke trübte Susis Freude über ihr Glück; sie brachte keinen Heller Geld, kein Heiratsgut, ja nicht einmal eine Webe Leinwand in die neue Wirtschaft ein. Alles, was sie durch Spinnen verdient hatte, war für die leibliche Pflege der alten Leute aufgewandt worden.

So saß sie eines Tages in Nachdenken versunken am Fenster, als es leise an die Scheiben pochte und draußen der Garnhändler stand, welcher ihr freundlich zunickte. Eben wollte sie ihn einladen, einzutreten und mit ihr die künftige Wirtschaft im Dorfe zu besichtigen, da war er verschwunden.

Draußen aber im Hausflur lagen sechs Ballen feiner Leinwand und obenauf ein Zettel, worauf geschrieben stand: »Der fleißigen Susi zum Brautschatz.« Unter Lachen und Weinen zugleich zeigte Susi den Pflegeeltern das reiche Hochzeitsgeschenk des Garnhändlers. Vor Freude fiel sie ihnen um den Hals und jubelte wie ein Kind.

So war der Hochzeitstag herangekommen. Es war ein lieblicher, sonniger Ostertag. Wie die Erde draußen im sonnigen, jungfräulichen Frühlingskleide prangte, so anmutig und überraschend lieblich war die Erscheinung der jugendlichen Braut. Auf ihrem kunstvoll geflochtenen Haar lag ein blühender Myrtenkranz, zur Seite ging der stattliche Bräutigam und ein stilles Wohlgefallen ging über seine Züge, wenn er auf seine liebliche Braut herabsah.

Als die Trauung vorüber war und das Paar seinen Weg rückwärts nahm, da stand plötzlich der alte gute Kräutermann vor ihnen und reichte Susi einen frischen, blühenden Strauß, indem er sprach: »Die schönsten Tugenden eines Weibes sind Fleiß, Gottvertrauen und Demut. Sie sind köstlicher und wertvoller als alle Schätze der Welt. Sie bilden die beste Aussteuer, die du deinem Mann in dein neues Heim einbringen kannst. So lange du dir die Beobachtung dieser Tugenden angelegen sein lässest, wird dieser Strauß nie welken und dein Glück wird stets vollkommen sein.« –

Nach diesen Worten zerfloß die Gestalt des Kräutermannes in Luft und »Rübezahl« erscholl es durch die Reihen der Hochzeitsleute. Denn der Berggeist war es gewesen, der in wechselnden Gestalten Kummer und Sorgen armer Menschen in Glück und Freude verwandelt hatte.

9. Der geizige Bäcker

Noch mehr als den Hochmut haßte Rübezahl den Geiz. Denn der Hochmut ist vielfach erst die Folge des Geizes, wie denn das Schriftwort zu allen Zeiten recht behalten wird: »Der Geiz ist eine Wurzel alles Übels.«

In der Stadt Hirschberg lebte ein reicher Bäcker. Bei der Bürgerschaft stand er in hohem Ansehen und mancherlei Ämter der Stadt vereinigte er in seiner Person. Bei den Beratungen der Stadtbehörde gab seine Stimme oft den Ausschlag, und wenn er im Ratskeller an dem großen, runden Bürgertische saß, dann führte er das große Wort. Aber an seinem Gelde hing sein ganzes Herz; es war ihm gleichgültig, wenn die Handwerker, welche für ihn arbeiteten, oft empört auf ihn schalten, wenn er ihnen Abzüge von ihrem Tagelohn machte. Zum Heizen seines Backofens gebrauchte er viel Holz, welches die Bauern aus den benachbarten Dörfern lieferten. Von diesen suchte er sich immer die ärmsten aus, machte ihnen einige Vorschüsse und forderte dann das Geld zurück. Konnten sie dann nicht zahlen, dann stellte er den Preis für das Holz möglichst niedrig und schädigte so die armen Leute mit solch schändlichem Handel.

Einst brachte ihm ein Bauer ein Fuder Holz, das er bei ihm bestellt hatte. Es wurde im Hof abgeladen und der Bäcker zog ihm, wie das oft geschah, einen Taler ab.

»Lieber Herr«, bat da der arme Bauer, »zieht mir diesmal nichts ab. Der Holzhandel bringt heuer so wenig ein. Ich bin arm und jeder Groschen ist zu Ausgaben bestimmt. Meine Gläubiger warten schon auf die Zinsen und ich kann den Verlust unmöglich tragen.«

Was tat der Geizhals? In aller Ruhe erklärte er dem Bauer, er möge sein Holz auf dem Hofe aufladen und wieder nach Hause fahren. Was tun? Ging der Bauer darauf ein, dann hatten er und die Pferde einen Tag Arbeit verloren, auch brauchte er das Geld zur Zinszahlung, deren Termin nahe bevorstand. So blieb ihm nichts anderes übrig, als sich den Abzug gefallen zu lassen. Traurig fuhr er aus der Stadt zurück. Unterwegs holte er einen Handwerksburschen ein, der ermüdet seines Weges zog. Er ließ ihn aufsitzen und nun hatte er jemand gefunden, dem er seinen Ärger erzählen konnte. Der Handwerksbursche war kein anderer als der Berggeist. Aufmerksam hörte er die Geschichte an und beschloß in seinem Innern, dem herzlosen Geizkragen einen gründlichen Denkzettel zu verabfolgen. »Wenn er nur einmal in mein Gehege käme« dachte er bei sich, »ich wollte ihm schon beikommen, daß er Zeit seines Lebens daran denken sollte.« Bald darauf stieg der Fremde ab, dankte dem Bauer und schenkte ihm einen Taler.

Am andern Morgen saß unser Bäcker behaglich in seinem Polsterstuhl, rauchte sein Pfeifchen und blickte zufrieden und behäbig durch die Fensterscheiben auf das geschäftige Treiben des Marktes. Da klopfte es an die Tür und auf sein »Herein« erschien ein großer, kräftiger Mann vor ihm und sagte:

»Ich habe gehört, Ihr habt Holz, das klein gehackt werden soll. Ich biete Euch meine Dienste an. Zwar bin ich kein Holzhacker, der sein Handwerk geschäftsmäßig betreibt, sondern ein Bürger aus Schweidnitz. Mir liegt nicht am Geldverdienen, sondern daran, daß mir das Holzhacken meine Gesundheit wiederbringen soll. Ich leide an der Leber und der Arzt hat mir tüchtige Bewegung verordnet. Ich will kein Geld für die Arbeit von Euch, wenn Ihr mir erlaubt, so viel gespaltenes Holz mit heimzunehmen, als ich in einer Hocke forttragen kann.«

»Das muß ein närrischer Kauz sein«, dachte der Bäcker im stillen und freute sich schon, solch billigen Kaufs davonzukommen. Großmütig lud er den Fremden ein, mit ihm ein Glas Wein zu trinken. Dieser bewunderte die Ausschmückung der Stube und war besonders voller Erstaunens über die prächtige Decke.

»Dazu habt Ihr gewiß einen auswärtigen Maler kommen lassen, Meister«, meinte er, was der Bäcker schmunzelnd bejahte. Dabei schlug er auf seine geldgeschwollene Tasche, daß die Silber- und Goldmünzen darin Polka tanzten.

Am andern Morgen versprach der angebliche Schweidnitzer Bürger seine Arbeit zu beginnen.

Der Meister lag noch in den Federn, da hörte er es schon im Hofe klappern und krachen, splittern und sausen, daß er erschreckt seinen Schlafrock anzog und in den Hof ging, um zu sehen, was der Mann denn mit seinem Getöse treibe. Ein solches Krachen und Dröhnen hatte er bei den andern Holzhackern noch nicht vernommen. Aber mit weit offenem Munde blieb er in der Hoftür stehen und sah mit Entsetzen, wie der Holzmacher sein linkes Bein aus der Hüfte gezogen hatte und damit auf die Scheite einhackte, daß die Späne nur so flogen und sich ein Donnern und Poltern erhob, daß das ganze Haus in allen Fugen krachte.

Dem Bäcker wurde es angst und bange und er rief dem Fremden zu, er möge doch aufhören und sich fortscheren. Der aber tat, als hörte er es nicht und hieb immer unbarmherzig darauf los und ehe eine Viertelstunde verging, war das ganze Holz gespalten. Dann steckte er sein Bein wieder in die Hüfte, als ob nichts geschehen wäre, und begann alles gespaltene Holz zusammenzulesen und zu einer ungeheuren Hocke aufzuhäufen. Diese umschnürte er mit einem langen Seil, hob sie wie einen Spielball auf den Rücken und ging gleichgültig grüßend zum Tore hinaus.

Da stand nun der dicke Bäcker und schrie Angst und Wehe, ballte die Faust und stieß laute Verwünschungen hinter dem Abziehenden aus. Dieser Denkzettel hatte aber bei ihm gefruchtet. Er war seit jener Zeit wie umgewandelt, wurde mildherziger und entzog niemand mehr den verdienten Lohn. Zeigte sich aber hin und wieder einmal die alte Neigung, so mußte er stets an den merkwürdigen Holzhacker denken. Denn es war in ihm längst die Ahnung aufgegangen, daß ihm kein anderer als Rübezahl den Streich gespielt habe.

Dieser aber hatte seine Hocke vor dem Hause des armen Bauern abgesetzt, der höchst erstaunt war, als er plötzlich den Holzhaufen und noch dazu in zerkleinertem Zustande wiedersah. So hatte er sein Geld und Holz wieder. Er konnte sich auf lange Zeit eine warme Stube machen und seine Suppe dabei kochen; ja er gab sogar seinem armen Nachbarn noch einen Teil von dem reichlichen Holzvorrat.

10. Das sonderbare Wirtshaus

Auf der Straße durch das Gebirge zogen drei muntere Studenten. Aus voller Kehle und frischer Brust ließen sie das alte Studentenlied erschallen:

>Ich lobe mir das Burschenleben,
>Ein jeder lobt sich seinen Stand,
>Der Freiheit hab' ich mich ergeben,
>Sie bleibt mein bestes Unterpfand.
>Studenten sind fidele Brüder,
>Kein Unfall schlägt sie ganz danieder. –

»Was Unfall«, meinte der eine, »was könnte uns wohl passieren; uns gehört die Welt und wenn der Beutel auch in unserer alten Musenstadt Prag ein wenig schmal geworden ist, was verschlägt's? Sind wir erst über das Gebirge gelangt, dann lacht uns die Heimat entgegen und in den Ferien gibt's wieder Geld in Vaters Haus.«

»Nun, so weit sind wir aber noch lange nicht«, meinte der zweite, ein hochgewachsener, blonder Jüngling, »der Weg über das Gebirge wird uns sauer werden, zumal meines Wissens kein Wirtshaus uns zur Erholung und Einkehr einlädt, wie uns in der letzten Herberge versichert wurde.«

»Das hat«, so nahm Philipp, der dritte der Studenten, welcher in Prag Rechtswissenschaft studierte, das Wort, »darin seinen Grund, daß der Herr des Gebirges, Rübezahl, die Errichtung eines Wirtshauses auf seinem Gebiet verbietet.«

»Tor«, erwiderte Hans, der erste der drei, »glaubst wohl noch an Spuken. Das sind Kindermärchen, die man sich in den Spinnstuben erzählt. Geh zu den alten Großmüttern und erzähle ihnen das, aber uns verschone mit solchem albernen Geschwätz.«

»Gemach«, warf Philipp ein, »lieber Freund. Weißt du nicht, daß vor vier Jahren, also im Jahre 1607, auf dem Markte unserer Stadt vom Büchermann ein Buch feilgeboten wurde, das von einem gelehrten Manne, namens Schwenckfeldt, verfaßt war und reißenden Absatz fand? Es führt den Titel ›Hirschbergischen Warmen Bades in Schlesien unter dem Riesengebirge gelegenen kurtze und einfältige Beschreibung‹. Darin habe ich mancherlei vom Rübezahl gelesen –«

»Was nicht wahr ist« – fiel ihm Georg, der blonde Jüngling, ins Wort – »denn Schwenckfeldt behauptet nirgends, daß er selbst den ›Ribenzahl‹ oder ›Ribinzagel‹, wie er ihn nennt, gesehen hat. Er gibt nur die Erzählungen des Volkes wieder.«

»Mir wär's schon recht, daß es einen Rübezahl gäbe«, brach Hans das Gespräch ab, »wenn nur der alte Knabe schnell für uns hier oben ein Wirtshaus baute, denn es ist ein wahres Elend, hier unter den Strahlen der glühendsten Sonnenhitze einherstapfen zu müssen, ohne einen Trank oder einen Imbiß zu finden. Mir ist unbegreiflich, daß sich hier kein Wirt anbaut; er würde bei dem lebhaften Wanderverkehr sicherlich sein Geschäft machen.«

»Weil«, sagte Philipp, »wie ich bereits erwähnte, die Leute Furcht vor dem Herrn des Gebirges haben.«

»Nun höre mir aber endlich mit dem Popanz, dem Rübezahl, auf, lieber Freund«, rief Hans ärgerlich.

»Na – wer sagt's denn«, jubelte da plötzlich Georg auf, »dort steht ja das ersehnte Wirtshaus!«

Die beiden andern Studenten trauten kaum ihren Augen, denn vor ihnen lag in der Tat ein stattliches Gebäude, aus dessen Schornstein der Rauch über die Tannen wirbelte. Vor dem Hause war ein Blumengarten angelegt, in welchem Rosen, Nelken, Rittersporn, Astern und Sonnenblumen blühten, und eine Kegelbahn lud zum Kegelspiel ein. Vor dem Hause stand der behäbige Wirt mit kurzem Rock, kurzen, schwarzen Samthosen, roten Strümpfen und glänzenden Schuhen. Ehrerbietig zog er sein Käppchen, verneigte sich vor den Studenten und erklärte ihnen, daß es ihm eine besondere Ehre sein würde, die Herrschaften in seinem bescheidenen Gasthof bewirten zu dürfen. Er würde alles aufbieten, um ihren Ansprüchen in jeder Weise gerecht zu werden.

»Nun, allzu lang wird Euer Speisezettel wohl nicht sein«, meinte Hans, den die Anrede des Wirtes ein wenig übermütig gemacht hatte.

»Befehlt nur, ihr Herren«, erwiderte der Wirt, »was Küche und Keller bieten, soll euch werden.«

»Wohlan«, sagte Hans, »so bringt uns drei gebratene Feldhühner in Savoyerkohl, eine Schüssel schöngesottener Krebse und dazu eine Flasche des ältesten Landweins, je älter desto besser.«

Hierauf traten die Studenten ins Herrenstübchen ein, legten ihr Ränzel ab und machten sich's bequem, während der Wirt in Küche und Keller eilte, das Bestellte zu besorgen.

Nach Verlauf einer Viertelstunde kehrte er zurück, deckte den Tisch mit einem kostbaren Tischtuch, legte silberne Bestecke auf und tat so, als ob er fürstliche Herrschaften zu bedienen habe. Während er alles ordnete, meinte er: »Es hält jetzt schwer, Feldhühner zu bekommen und auch von den Krebsen bringe ich heute die ersten auf den Tisch. Aber für gutes Geld wird alles geschafft.« Er tat gar nicht, als ob er die Verlegenheit der jungen Herren bemerkte, sondern brachte außer dem Landwein noch eine Flasche Tokaier.

Philipp wurde es unheimlich; ihm stieg eine Ahnung auf, daß das Wirtshaus ein bezaubertes und der Wirt kein anderer sei als Rübezahl.

Als dieser auf einige Zeit das Zimmer verließ, teilte er seine Befürchtungen seinen Kommilitonen mit. Diese aber lachten ihn aus, der Wein machte ihre Zunge immer geläufiger und ihr Herz mutiger. Hans rief den Wirt und forderte ihn auf, für sich ein Glas mitzubringen, um mit ihnen anstoßen zu können. Das geschah und Georg erhob sein Glas und sprach: »Ich will eine Gesundheit ausbringen. Daß wir hier auf einsamer Höhe mit Speise und Trank so vortrefflich erquickt wurden, verdanken wir gewiß dem Herrn des Berges, er lebe hoch, hoch, hoch!« Der Wirt stieß mit den Studenten an. Aber sofort saß Georg wieder der Schalk im Nacken und er rief noch einmal: »Ja, der alte, gute Rübezahl soll leben, hoch!«

Philipp stieß diesmal nicht mit seinen Gefährten an und auch der Wirt zog seine Stirne kraus, machte eine gar ernste Miene, stellte sein Glas auf den Tisch und sagte: »Wie Euer Genosse, so habe ich wohl auf die Gesundheit des Herrn vom Berge angestoßen, nicht aber in das Hoch auf Rübezahl eingestimmt, wie er auch tat, und zwar mit Recht. Ihr nennt ihn bei seinem Spottnamen, auf diesen stoße ich nicht an, denn ich weiß, daß er sich an denen rächt, die ihn damit an jene traurige Geschichte erinnern. Euer Genosse scheint auch darum zu wissen.«

Lautes Gelächter war die Antwort der beiden angeheiterten Studenten auf die Mahnung des Wirtes.

»Nun, Philipp«, meinte Hans, »da hast du ja einen Gesinnungsgenossen gefunden, zu glauben, jenen Ammenmärchen von einem neckenden Kobold, der auf dem Riesengebirge sein Unwesen treiben soll. Ich wünschte nichts sehnlicher, als ihm in höchsteigener Person zu begegnen. Das wird aber nie der Fall sein, weil es eben keinen Rübezahl gibt. Wir, mein lieber Herr Wirt, von der hohen Schule atmen eine freie Luft und belächeln jene Torheiten, die sich nur im Aberglauben des Volkes finden.«

Der Wirt wollte antworten, aber es kam ihm ein besserer Gedanke in den Kopf und er trat vor die Studenten mit der freundlichen Aufforderung: »Wollen die Herren nicht vielleicht sich ein wenig im Freien Bewegung machen und einen Stamm kegeln? Den Kegeljungen will ich selbst machen.«

Der Vorschlag fand freudige Zustimmung. Hans und Georg begannen zu schieben, aber merkwürdig: entweder kam ein »Sandhase« heraus, d. h. die Kugel ging an den Kegeln vorbei, oder sie trafen eine »Methode«, d. h. die zwei Gassenkegel. Besseren Erfolg hatte Philipp. Er warf dreimal hintereinander acht um den König, was für den besten Wurf galt. Ärgerlich brachen Hans und Georg das Spiel ab.

Nun kam aber das Schlimmste, das Zahlen. Verlegen fragte Hans nach der Schuld. Der Wirt rechnete nach, dann sprach er zu Philipp:

»Von Euch, junger Herr, nehme ich nichts. Ihr habt Euch frei gekegelt, da Ihr dreimal den König allein habt stehen lassen. Die Zeche der anderen Herren beträgt vier Taler, zwei Taler auf jeden.«

Da wurde die Barschaft noch einmal überrechnet und die beiden Studenten brachten gerade noch die geforderte Summe zusammen.

Als es zum Abschied ging, überreichte der höfliche Wirt Georg und Hans ein Päckchen und meinte: »Bis zum nächsten Gasthause ist's noch weit, darum habe ich den Herren einen kleinen Imbiß für den Weg eingewickelt. Euch aber, junger Herr, schenke ich, da Ihr so vortrefflich gekegelt habt, den Kegelkönig.«

Dankend steckte Philipp den Kegel in die Tasche und die drei Burschen zogen weiter ihres Wegs. Unterwegs mußte Philipp noch manchen Spott seiner Kameraden hinnehmen, daß der Wirt ihm einen Kegel zur Zehrung auf den Weg gegeben habe.

»Laßt's gut sein«, meinte er, »ich habe so meine Gedanken über das Geschenk und will es tragen als Andenken an unser Abenteuer im Gebirge.«

»Der hat den Rübezahl immer noch im Kopf«, höhnte Hans. »Wir wollen uns lieber in das Gras setzen und unser Vesperbrot verzehren. Du, Philipp, magst ein Stück vom Kopfe deines Kegelkönigs abbeißen.«

Als sie aber ihre Päckchen öffnen wollten, sprang aus dem einen ein Frosch, aus dem andern eine Eidechse heraus, so daß sie entsetzt zurückfuhren. So zogen sie hungrig weiter und jeglicher Spott und Zweifel an dem Dasein des Berggeistes verstummte. Philipps Kegel wurde immer schwerer und schwerer, er zog ihn aus seiner Tasche, sieh! da leuchtete er wunderbar im Mondschein. Er sah ihn näher an – der Kegel war lauteres Gold, darum war er auch so schwer. Philipp verkaufte den Kegel, konnte nun ohne Not seine Studien vollenden und ist ein gelehrter Mann geworden.

11. Der Hexenstab

Wer einmal jetzt im Riesengebirge reist, findet fast bei jedem bemerkenswerten Punkte auf den Bergen und in den Tälern, besonders wo gastliche Häuser den Wanderern zur Erholung und Erfrischung einladen, Verkaufsstände, welche Andenken an das Gebirge feilhalten. In großer Auswahl auf Bechern, Tassen, Karten, Bildern, Pfeifen und anderen Dingen wird besonders auch Rübezahls gedacht. Man findet da manche seiner Geschichten abgebildet und auf mancherlei Art seine äußere Erscheinung dargestellt. Mit Vorliebe kaufen die Reisenden lange Bergstöcke mit einer tüchtigen Spitze daran, die ihnen das Gehen erleichtern. Auf vielen steht der Name »Rübezahl« und man nennt sie deshalb »Rübezahlstöcke«. Diese Bezeichnung ist aber keine willkürliche, sondern steht im Zusammenhange mit vielen Rübezahlmärchen, in welchen Wanderstäbe eine gewisse Rolle spielen. Eins der schönsten will ich euch erzählen.

In den Zeiten, wo die meisten unserer Geschichten spielen, gab es noch keine Briefträger, welche Briefe und Pakete aus der Stadt auf das Land trugen. Da hielt jedes Dorf seinen Botenmann, welcher in gewissen Zeiträumen den Verkehr zwischen Dorf und Stadt vermittelte. Als solcher war auch der alte Leopold aus Schreiberhau weit und breit im Gebirge bekannt. Es wurde ihm nicht leicht, jahraus, jahrein bei Wind und Wetter unter der Last des Gepäckes die gebirgigen Pfade zu gehen, aber die Herrschaften der Rittersitze und die Kaufleute in der Stadt bezahlten ihm seine Mühe so gut, daß er hätte zufrieden sein können. Aber das Pflänzlein Zufriedenheit ist rar und auch von Leopold konnte man sagen: »Je mehr er hat, je mehr er will.«

Einst hatte er sich um die Mittagszeit in einer Baude niedergelassen und war vor Ermüdung eingenickt. Da erschien ihm Rübezahl im Traume und führte ihn zu seiner großen Braupfanne im Gestein, wo Gold- und Silberstücke ihm entgegenfunkelten. Eben wollte er auf des Berggeists Geheiß zugreifen, da war der Traum zu Ende – und das Glück verflogen.

»Rübezahl, Schabernacker«, rief er ärgerlich aus, »kannst du mir nicht einmal helfen, damit ich Ruhe habe und meine letzten Lebenstage nicht in Unruhe und den Beschwerden meiner Botenwege verbringen muß!« Damit ergriff er seinen langen Botenstock und verließ mürrisch die Baude.

Keine zwanzig Schritte war er gegangen, als ihm sein Stock entglitt, gerade als er über einen kleinen Bach sich schwingen wollte. Da lag er, so lang er war, und es war ein Glück, daß er nicht in den Bach gefallen war. Sein Fall machte ihn noch verdrießlicher und unmutiger. Da flog ein Raubvogel vor ihm auf und als er ihm nachsah, stieß sein Fuß an einen Stein, sein Stab geriet ihm zwischen die Füße – und pardauz! da machte er wieder mit dem Erdboden Bekanntschaft. Schließlich geriet er am Bergesabhang durch Abgleiten so ins Straucheln, daß er mit dem Kinn auf einen Stein aufschlug und ihm Wange und Lippen bluteten. Da nahm er wütend seinen Stab, der ein Stück abwärts gerollt war, und versuchte ihn am Felsen zu zerschmettern.

Aber der Stab bog sich um, fuhr ihm zwischen die Beine und kaum war dies geschehen, so ging's auch flott durch die Luft über die Wipfel der Bäume hinweg im tollen Ritt, schneller wie der Wind.

Leopold meinte, er sei der wilde Jäger geworden, welcher zur Strafe durch die Luft reiten und in wildem Horrido und Hussasa über Land und Meer dahinrasen muß; schauerlich gähnten die Abgründe unter ihm und von Minute zu Minute glaubte er abzustürzen und zerschmettert am Boden anzukommen. Als sich aber seine Befürchtungen als grundlos erwiesen, da wurde er mutiger, ja er schmiedete auf seinem sonderbaren Reittier bereits Pläne, wie vorteilhaft sich für die Zukunft auf diesem Wege seine Botengänge gestalten würden.

Wie er so dahinfuhr, nahm sein Stab plötzlich die Richtung auf die Stadt Schmiedeberg. Dort war gerade Jahrmarkt. Als nun Roß und Reiter vom Himmel herab mitten zwischen die Buden, Käufer und Verkäufer zur Erde herniedersausten, da entsetzte sich die ganze

Jahrmarktsgesellschaft. Die Stadtknechte aber nahmen kurzerhand, da man allgemein meinte, solche Luftfahrt ginge nicht mit rechten Dingen zu und Leopold sei ein Hexenmeister, sein Stab aber ein Hexenstab, den Botenmann gefangen und brachten ihn in sicheren Gewahrsam.

Der Tag des hochnotpeinlichen Gerichtes kam heran, Leopold wurde als Hexenmeister angeklagt und zum Tode auf dem Scheiterhaufen verurteilt. Da geschah ein Wunder. Der Stadtrichter wollte dem Stadtknecht eben den Hexenstab übergeben, als ihm dieser zwischen die Beine fuhr, ihn erhob, durch das offene Fenster des Rathaussaales schob und ihn über die Häuser der Stadt entführte. Da gab's eine große Aufregung unter den biederen Bürgern, als ihr hochgelahrter Stadtrichter hoch oben im Ornat in den Wolken schwebte – aber sieh da! – kurze Zeit später setzte der Hexenstab seinen Reiter wieder auf dem Marktplatz behaglich und unversehrt ab.

Als man Leopold ausfragte, wie er in den Besitz des wunderbaren Stabes gekommen sei, und dieser sein Abenteuer erzählt hatte, da ließ ihn das Gericht frei. Das Volk aber jubelte fröhlich und ausgelassen auf den Straßen: »Ein Schelmenstreich von Rübezahl! Es lebe der Berggeist!« Mit den Schmiedebergern hat's auch Rübezahl immer gehalten, weil sie seine Macht fürchteten und ihn als Herrn des Gebirges anerkannten.

Der alte Leopold hat aber von seinem Erlebnis keinen Vorteil gehabt, denn sein Stab wurde wieder der alte. Die Zauberkraft war von ihm gewichen.

12. Der arme Weberlieb

Der Winter schien in diesem Jahre kein Ende zu nehmen. Wochenlang lag eine dichte Schneedecke auf der Erde und zwischen den Dörfern des Riesengebirges hörte jeglicher Verkehr auf. Da ging für die Weberfamilien eine große Not an und Entbehrung und Armut waren die beständigen Gäste des Hauses. Diese Notlage der Weber benutzten gewissenlose Kaufleute in den Städten, indem sie ihnen für die gelieferte Leinwand geringeren Lohn boten. Sie wußten genau, daß die armen Leute unter allen Umständen Geld brauchten und brachten so die Waren für einen Spottpreis an sich.

»'s fast zum Verzweifeln«, so sprach eines Abends der Webergottfried zu seinem Weibe, »erst muß man in Schnee und Kälte den jetzt so gefahrvollen Weg zur Stadt machen und dann erhält man einen Hungerlohn, der kaum uns beide sättigen kann, während doch noch acht Kinder wie die Orgelpfeifen um den Tisch stehen und sehnsüchtig nach der spärlichen Mahlzeit ausschauen.«

»Das wird ein trauriges Weihnachtsfest werden«, versetzte seufzend die Frau, »Gott gebe nur, daß die Krankheit, welche in einigen Häusern eingekehrt ist, nicht ansteckend ist und über alle Familien kommt.«

Keinem gingen die Sorgen der Eltern mehr zu Herzen als dem ältesten Sohn, dem Gottlieb, oder wie er im Dorfe von andern Trägern seines Namens unterschieden wurde, dem Weberlieb. Das war ein braver, munterer Junge mit einem Herzen voll Mitleid, der sein Stückchen Brot mit dem armen Manne teilte, der hungrig und elend sich durchs Dorf schlich. Den Eltern ging er unermüdlich zur Hand. Im Sommer suchte er im Walde Beeren und Pilze, im Winter trug er trockenes Holz für den Ofen aus dem Walde herzu oder verdiente sich ein paar Pfennige durch kleine Botenwege. Aber wie sollte er nun bei diesem strengen, eiskalten Winter Arbeit sich verschaffen?

Weihnachten stand vor der Tür, aber im Dorfe sah es nicht weihnachtlich aus, denn wo die Armut wohnt, muß die Festfreude weichen. Dazu kam, daß die Krankheit sich als die rote Ruhr entwickelt hatte, wohl als Folge des Genusses von unnatürlicher Nahrung. Da standen die Webstühle still und fast in jedem Hause lag ein Kranker.

Auch den Weberfriedel hatte die Krankheit aufs Lager geworfen und eine entsetzliche Not herrschte im Hause. Hungernd und frierend saßen die Kinder um den Ofen herum. Das jammerte unsern Gottlieb so sehr, daß er vor seine Mutter trat und sprach:

»Hat nicht der Vater noch fertige Leinwand übrig, Mutter, welche wir verkaufen könnten?«

»Freilich, Lieb«, entgegnete diese, »dann hätten wir wohl auf einige Zeit Brot, aber wer will denn die schwere Webe vier Stunden weit über das verschneite Gebirge in die Stadt tragen?«

Gottlieb war sogleich bereit.

»Das geht nicht an«, antwortete die Mutter, »du bist schwach und ausgehungert, Zehrung kann ich dir nicht auf den Weg geben und in deinem dünnen Röckchen pfeift dir der kalte Wind bis auf die bloße Haut, daß du zitterst und bebst.«

»Aber es wird uns allen geholfen, liebe Mutter, laß mich in Gottes Namen ziehen.«

Gottlieb band sich ein Tuch über Kopf und Leib, legte den Reisesack mit der Leinwand auf die Schulter und sagte seiner Mutter herzlich Lebewohl. Hinaus ging's durch den schneidenden Nordwind; oft hatte der Schnee eine Bank über den Weg geweht und der Knabe mußte sie Schritt für Schritt durchqueren, oft glitt er am Rande mit Schnee bedeckter Gräben aus und sank tief ein, oft mußte er sich ermüdet auf einen Stein setzen, um Atem zu schöpfen. Endlich nach unsäglicher Mühe und Anstrengung schleppte er sich an sein Ziel und kam in das Haus des Kaufmanns. Der kam ihm eben mit einem Reisepelz entgegen und wies ihn aus seinem Hause.

»Hat man nicht einmal am Heiligabend Ruhe vor dem Webergesindel. Marsch, daß du hinauskommst, ich kann dir deine Leinwand nicht abnehmen«, so klang's aus dem Munde des harten Mannes und dem armen Weberlieb liefen die Tränen über die Backen.

»Ach, Herr«, flehte der arme Junge, »erbarmt Euch diesmal meines armen Vaters, er liegt an der Ruhr krank danieder. Nehmt mir die Leinwand, ich muß wieder heim.«

»Was, ansteckende Krankheiten bringt mir die Brut noch ins Haus, hinaus, auf der Stelle!« schrie aufs höchste erregt der gefühllose Mann und befahl dem Diener, den Jungen hinauszuführen. Dann warf er sich in seinen Reisewagen und fuhr fort. Der Diener empfand Mitleid mit dem abgehärmten, erschöpften Kinde und reichte ihm ein Stück Brot und ein wenig Wein. Dann gab er ihm zwei Groschen, damit er auch für den Vater etwas Brot kaufen könne.

Der Wein hatte den Knaben gestärkt und so unternahm er es, die schwere Last wieder auf den Rücken zu laden und den mühseligen Rückweg wieder anzutreten. Am Abend nahm die Kälte zu, kleine scharfe Eisnadeln trug der Wind über den Schnee; sie stachen dem kleinen Gottlieb in die Augen, daß er kaum zu sehen vermochte. Da wurden seine Füße matter, seine Kraft erlahmte, und stöhnend warf er sich auf einen beschneiten Baumstamm.

»Hier werde ich sterben müssen«, murmelten seine Lippen. Da kam ihm plötzlich der Gedanke an die vielen wunderbaren Geschichten, die man sich von Rübezahls Freundlichkeit gegen die Kinder erzählte.

Mag er mich umbringen oder mir helfen, ich wage es: »Rübezahl, Rübezahl! Hilf du mir, die Menschen haben mich verlassen.« So rief er laut mit Aufbietung aller Kräfte hinein in die beschneiten Bäume, Berge und Täler und schaurig gab das Echo seinen Ruf zurück.

Im nächsten Augenblick erhob sich ein starker Schneesturm, dem der Knabe nicht standhalten konnte, er ward zurückgeworfen und vom Schnee überschüttet. Da ward er von einer behaglichen Wärme durchströmt und süße Träume gingen durch seine Gedanken. Es war Christabend. In der Dorfkirche hielt man Christvesper. Die Kirche war hell erleuchtet, aus den Augen der Kinder strahlte lichte Weihnachtsfreude. Der Pfarrer verkündigte der atemlos lauschenden Menge die alte liebliche Geschichte von der Geburt des Christkindleins auf Bethlehems Flur. Die Gemeinde sang: »Dies ist die Nacht, da mir erschienen des großen Gottes Freundlichkeit« und nun war Gottlieb an der Reihe, mit seinem hellen Stimmchen allein vor der Gemeinde zu singen. So nahm er das lange Wachslicht in die Hand, trat vor das Lesepult auf der Orgelbrüstung und begann erst leise, dann kräftiger und mutiger:

> O du fröhliche, o du selige,
> Gnadenbringende Weihnachtszeit.
> Welt ging verloren,
> Christ ist geboren,
> Freue dich, o Christenheit!

In demselben Augenblicke trat aus den Bäumen ein wohlgekleideter, freundlich blickender Herr hervor, hüllte den armen Knaben liebevoll in seinen Pelz, nahm auch die Webe Leinwand auf und trug ihn eine kurze Wegstrecke zu seinem Schlitten.

In einem hellerleuchteten Schloß angelangt, rief er seine Diener. Diese nahmen ihm die Last ab, trugen den Knaben auf seinen Befehl in ein Bett und legten ihn auf weiche, behaglich erwärmte Kissen nieder.

Mittlerweile hatte der Herr die Webe Leinwand genommen und war damit auf die Straße zurückgeeilt. In diesem Augenblicke kam der vierspännige Reisewagen des hartherzigen Kaufmanns herangerollt.

Plötzlich scheuten die vier Rosse, ein Ballen Leinwand wurde von oben unter sie geworfen und ein markerschütterndes, entsetzliches

Hohngelächter erschallte. Wohl versuchte der Kutscher, die erschreckten Tiere im Zaume zu halten, aber er selbst wurde mit einem Ruck von seinem Sitze in die Höhe gehoben. Er flog ein Stück durch die Luft und wurde dann sanft vor einem Gasthause niedergesetzt. Vor seinen Füßen aber lag ein Beutel mit Goldstücken, auf welchem geschrieben stand: »Für die Angst!« Seine Pferde hatten mittlerweile den Leinwandballen auseinandergeworfen und um den ganzen Wagen gewickelt. Dadurch fielen sie zu Boden und der Wagen mit. Da rief aus aller Angst der Kaufmann um Hilfe, denn die Tür der Kutsche war so zugewickelt, daß ein Entweichen unmöglich war.

Sofort tauchte eine furchtbare, riesengroße Gestalt vor seinen Augen auf, welche ihm zornig mit der Faust drohte und schrie:

»Ha, verwünschter Geizhals, wenn du nicht sofort zu sühnen versprichst, was du mit deiner unmenschlichen Härte verschuldet hast, so mußt du sterben!«

Da schlotterten dem Kaufmann die Knie und zitternd rief er aus: »Ich will alles geben und tun, wenn ich das Leben behalte.«

»Erbärmlicher Erdenwurm«, entgegnete der Berggeist, »werde barmherzig und mild. Wenn jetzt der Tod in den armen Weberdörfern so viele Opfer grausam fordert und Wehklagen aus vielen Häusern erschallen, so sollten dir diese Jammertöne in deine hartherzige Seele dringen. Du trägst die Schuld auf deinem Gewissen, das sich kein Bedenken daraus macht, wenn jene armen, ehrlichen Menschen Hungers sterben.« Da gelobte der Kaufmann in seiner fürchterlichen Angst Besserung und gab dem Berggeiste – denn dieser war es – alles Geld, das er bei sich hatte, zur Verteilung unter die Darbenden. Da nahm Rübezahl ihn beim Genick und setzte ihn unsanft vor seinem Hause nieder.

Verwundert öffnete Gottlieb die Augen und wußte nicht, wie er an diesen Ort gekommen war. Die Diener brachten ihm Speise und Trank, aber er rührte nichts an. Da trat ein freundlicher Herr ein und redete ihm zu, er solle nur essen; er wolle ihn dann mit dem Schlitten nach Hause fahren.

»Ich werde auch deinen Eltern und Geschwistern eine Labung bringen und – was dir sicherlich am meisten gefallen wird – der Kaufmann ist anderes Sinnes geworden, er hat dir und allen Webern in eurem Dorfe die Leinwand zu gutem Preise abgekauft. Das Geld habe ich bereits in meiner Tasche.« Wer war da froher als unser Weberlieb! Vor Freude küßte er die Hände des guten Herrn.

Nun ging's unter Peitschenknall und Schellengeläut zu Gottliebs Heimatsdorf zurück. Das war ein seliger Christabend im ärmlichen Weberhäuschen! Der Herr hatte Brot und Wein, Fleisch und Reis mitgebracht, außerdem Geld und für die Kranken des Dorfes eine Flasche voll Arznei, welche augenblicklich half. So war das Christfest in dem Weberdorfe zum Freudenfest geworden und alle Kümmernis hatte ein Ende. Da wurde es allen klar, daß hier kein anderer als Helfer in der Not erschienen war als Rübezahl, der mächtige Berggeist des Riesengebirges.

13. Wünsche nicht zuviel

»Und hoffe auf ihn, er wird es wohl machen.« Damit schlug sie ihre Bibel zu, die vielgeplagte Mutter Bärbel und reichte sie ihrem Sohne Hans, der auf einer Fußbank zu ihren Füßen saß. Dürftig, aber sauber sah es in der Stube der kleinen Hütte aus. In einer Ecke stand eine Spindel, an welcher die Mutter zu spinnen pflegte; das ging aber nur langsam und mühsam vonstatten. Mutter Bärbel hatte viel zu leiden, weil sie in den Beinen von der Gicht heimgesucht wurde. Sie konnte nicht gehen und stehen und auch das surrende Spinnrad mußte zuletzt in die Ecke gestellt werden, so daß sie nur noch die veraltete Spindel drehen konnte und dementsprechend das Gepinst nur gering ausfiel. Als einziges Kind war ihr der Hans übrig geblieben, ein starker, kräftiger Bursche. Eben war er zu seiner Freude aus der Schule entlassen worden, denn dort hatte er nie sein Licht leuchten lassen können und das Lernen war ihm blutsauer geworden. Die Fibel mit dem großen Gockelhahn auf dem Titelblatte und die fünf Hauptstücke hatte er zur Not bewältigt, aber darüber hinaus reichten seine Kenntnisse nicht. Aber willig und brav war Hans und er machte sich darüber Gedanken, wie er wohl am besten für seine Mutter Geld verdienen könne.

Eines Sonntags stand sein Entschluß fest. Er nahm Abschied von seiner Mutter und machte sich zum nächsten Dorfe auf. Im eigenen Orte wollte er nicht Stellung nehmen, weil man ihm hier unfreundlich begegnet war. Bei seinen Anfragen hatte er bald Glück, denn ein

Bauer, welcher am Wege pflügte, nahm ihn sofort als Hütejungen für sein Vieh an. Er war froh, einen Fremden zu finden, weil einheimische Leute, Knechte und Mägde, das Haus des Bauern, der als Geizhals verschrien war, mieden, über den Lohn wurden sie bald einig: Hans sollte wöchentlich zwei Brote und einen Käse bekommen und zu Weihnachten einen abgelegten Anzug des Bauern. Von Geld war keine Rede.

Als am nächsten Sonntag Hans vergnügt bei seiner Mutter einkehrte, meinte diese, es sei doch solch ein Lohn gar zu niedrig und stehe in keinem Verhältnis zu der Arbeit.

»Von dem Bauer«, sprach sie, »bei welchem du in den Dienst gegangen bist, habe ich schon öfters gehört. Er ist als geiziger Filz verschrien und der abgelegte Anzug wird wohl kaum noch zu flicken sein.«

»Laß mich, Mutter«, erwiderte der Knabe, »ich fange erst an zu verdienen; wenn ich meine Arbeit gut verrichte, dann wird mir mein Herr auch einiges Geld zulegen.«

Hans mußte täglich die Kühe auf die Weide treiben. Hier war er den ganzen Tag über mit dem Hunde für sich allein. Dann sang und jubelte er nach Herzenslust und kein Mensch störte ihn in seiner fröhlichen Stimmung. Mit den Bergen und Wiesen, Felsen und Bächen wurde er so vertraut, daß er große Freude an seinem Berufe empfand. Jeden Sonnabend bekam er seine Brote und den Käse und Sonntags brachte er seiner Mutter die Hälfte.

So vergingen einige Jahre; die Leute im Dorfe wunderten sich, daß der Hütejunge noch immer um solch kärglichen Lohn bei dem Bauer diene, da er als Knecht anderwärts um einen guten Geldlohn sein Fortkommen finden könne. Hans aber dachte in seiner Harmlosigkeit gar nicht an einen Wechsel; draußen in den Bergen bei den Vögeln, die ihm ihre Lieder sangen, war sein Herz, was kümmerte ihn da Geld oder das Gerede der Leute!

Eines Sonntags aber sprach die Mutter zu ihm allen Ernstes: »Du bist nun, mein Sohn, ein großer, starker Bursche geworden und dienst noch immer als Hütejunge. Die Kleider, die dir dein Brotherr schenkte, wanderten bald in die Lumpen. Bisher habe ich dich von den Gegenständen, die dein verstorbener Vater hinterließ, gekleidet. Davon ist aber nichts mehr vorhanden, Geld verdienst du nicht, von dem wir neue Kleider anschaffen können. So bist du genötigt, den

Bauer anzugehen, daß er dich als Knecht mietet und dir einen ordentlichen Lohn gibt, wie er Burschen deines Alters zukommt.«

Diese Worte gingen Hans zu Herzen und am nächsten Tage bat er den Bauer um einen besser bezahlten Dienst. Der aber wurde kirschrot vor Ärger, schlug die Hände über dem Kopf zusammen und schrie ihn an: »Schämst du dich nicht, an mich ein solches Verlangen zu stellen? Du hast mich bald arm gegessen; ich habe dich durchgefüttert und deine Mutter dazu. So ist aber die heutige Welt: wenig Arbeit und viel Lohn. Das ist also dein Dank, du habgieriger Bursche?«

Hans meinte in seiner Gutmütigkeit, der Bauer sei in seinem Recht und er habe es doch eigentlich recht gut bei ihm. Verblüfft ging er wieder auf seinen Weideplatz zu seiner Herde. Aber um seine fröhliche Laune war es geschehen. Traurig saß er am Wiesenrain und grübelte und sann über sein Geschick nach. Da trat plötzlich ein alter Schäfer auf ihn zu und fragte ihn, warum er ein so trübseliges Gesicht mache. Ohne Scheu und Hinterhalt erzählte ihm Hans seine Geschichte, wie er sich besonders um seine arme gichtbrüchige Mutter sorge, deren Zustand immer bedenklicher würde. Da riet ihm der Alte, sein Heil einmal in der Stadt Hirschberg zu versuchen, dort brauche man stets kräftige und bescheidene Burschen und bezahle auch einen guten Lohn.

Halb träumend, halb staunend hörte Hans zu und ehe er dem Alten ein Wort erwidern konnte, war dieser bereits dem Tannendickicht zugeeilt. Merkwürdig war es, was für lange Schritte er machen konnte; bis an die Wegecke war es eine gute Viertelstunde, jener war in einem Augenblick dort verschwunden.

An demselben Abend trieb es ihn, seine Mutter aufzusuchen und ihr sein Erlebnis mitzuteilen.

»Der Alte hat dir einen guten Rat gegeben, Hans«, meinte die Mutter, »tu, wie er dir anriet. Die Schäfer werden vielfach zu allerhand Wunderkuren allenthalben geholt und kennen Land und Leute. So mache dich sauber und ziehe deinen Weg. Gott geleite dich!«

Es war der erste Gang des Burschen in eine Stadt. Darum pochte ihm das Herz ein wenig. Er dachte an alle die Beschreibungen, welche man ihm von dem städtischen Leben und Treiben gemacht hatte, aber als die Sonne ihre ersten Strahlen herniedersandte, und Wiesen und Felder, Berge und Täler im Morgenglanze strahlten und die Vögel ihre ersten Lieder anstimmten, da wurde er wieder fröhlich und wohlgemut. Da fielen ihm wieder seine Hirtenlieder ein und jubelnd sang er den Vers:

> Den lieben Gott laß ich nur walten,
> Der Bächlein, Lerchen, Wald und Feld
> Und Erd' und Himmel will erhalten,
> Hat auch mein Sach' aufs best' bestellt.

Plötzlich erscholl neben ihm ein lautes Gelächter, er drehte sich um, sah aber niemand. Nachdenklich senkte er den Kopf und erblickte am Boden einen rotseidenen gefüllten Geldbeutel.

»Der Tausend«, entfuhr es da seinen Lippen, »der Anfang war gut; da scheint einer noch früher aufgestanden zu sein als ich. Da sind ja lauter Dukaten drin. Na, vielleicht finde ich den Pechvogel, der den Beutel verloren hat.«

Er steckte die Börse ein und schritt fürbaß; da nahte auf einem Seitenwege ein vornehmer Herr, der seine Augen wie suchend auf den Boden heftete.

»Hat der Herr vielleicht etwas verloren?« fragte Hans.

»Ja, freilich«, war die Antwort, »meine rotseidene Börse mit Geld.«

»Hier ist sie«, entgegnete Hans freundlich, »gut, daß ich sie gefunden habe.«

»Du bist ein ehrlicher Bursche. Hier hast du eine Belohnung für den Fund.«

Hans aber wehrte ab: »Das hat der Herr nicht nötig, ich habe die Börse ja kaum zehn Schritte getragen, dann konnte ich sie schon wieder abliefern.«

Der Fremde plauderte mit Hans noch eine Weile und fragte ihn zuletzt, was er sich wohl wünschen würde, wenn ihm seine Wünsche erfüllt werden sollten. Dem Burschen schwebte noch immer der Dukatenbeutel vor und so antwortete er hastig:

»I, so wollte ich, daß alles mein wäre, was mir heute auf dem Wege nach Hirschberg begegnete.«

Da brach der Herr in ein solch schallendes Gelächter aus, daß es die Berge im Widerhall zurückgaben, dann rief er:

»Sollst's haben, Hans, sollst's haben. Aber merke wohl: *Wünsche nicht zu viel*, sei genügsam!«

Hiermit war der Fremde verschwunden und nun stieg in Hans die Ahnung auf, mit wem er gesprochen hatte. Er wandte sich den Bergen zu, zog seinen Hut ab und rief:

»Danke schön, Herr Berggeist!«

Wieder erschallte von den Bergen her das Echo eines Gelächters. Hans setzte seinen Weg fort. Da fiel plötzlich etwas vor seinen Füßen nieder; er hob es auf – es war derselbe Beutel mit Dukaten, den er heute schon einmal gefunden hatte.

»Hurra«, schrie Hans auf, »jetzt könnte ich eigentlich umkehren, für das viele Geld kann ich mir bequem ein kleines Ackergut kaufen.«

Auf einem Strauche saß ein Fink und sang sein Morgenlied nach der Melodie, welcher das Volk den Text unterlegt: »Reit zu Schitzkebier«; er setzte sich sogleich auf Hansens Schulter und blieb dort sitzen. Hans freute sich über den muntern Gesellen, denn er hatte alle Tiere lieb.

Aus einer Hecke kroch ein Kätzchen hervor, schmiegte sich schnurrend an seine Beine und ging ihm nach, während ein großer zottiger Hofhund ihn bellend umwedelte. Da kamen auf der Straße drei schwerbeladene Erntewagen herangefahren; auf der Höhe des letzten saßen die Schnitter und hielten auf einer Stange den Erntekranz, dessen bunte Bänder in der Luft flatterten.

»Juchhei«, jubelte Hans, »nun bin ich ein reicher Mann, jetzt habe ich Geld zum Hauskauf, Hund und Katze und einen Vogel, der mir seine Lieder singt, und nun gar noch Pferde und Wagen und Getreide, das ich nicht einmal ausgesäet habe. Was wird die Mutter dazu sagen, wenn ich heimkomme!«

Er hatte gerade ausgeredet, da kam von einer andern Straße her ein Wagen, hochbepackt mit Hausgeräten aller Art, und folgte dem Zuge, der immer länger wurde. Da kamen Knechte und Mägde, den neuen Herrn grüßend, ein Hirt trieb eine stattliche Herde Rinder, ein Schäfer einen großen Stamm fetter Schafe einher. Außerdem folgten ihm alle Hühner, Enten, Gänse und Tauben, welche sich auf seinem Wege befanden, einige Pfauhühner marschierten vor ihm und ein Pfauhahn schlug ihm zu Ehren sein schillerndes, stolzes Rad.

Das war ein Blöken, Wiehern, Brüllen, Schnattern, Krähen, Singen, Zanken und Raufen, daß man sein eigenes Wort nicht verstehen konnte.

Jetzt wurde Hirschberg sichtbar, Hans ließ seinen Besitz an sich vorüberziehen; als blutarmer Bursche war er ausgezogen und als Großbauer und reicher Mann kehrte er in seine Heimat zurück. Wie das aber so oft im Menschenleben vorkommt, so erging es auch Hans: die Mahnung: »Wünsche nicht zuviel« war in seinen Ohren verklungen. Das gesättigte Herz begehrte den Überfluß. Nun wollte er erst vor den Toren Hirschbergs umkehren, um alles zu gewinnen, was ihm bis dahin begegnen würde.

Unterwegs fand er noch einen funkelnden, goldenen Ring. Er steckte ihn an den Finger und blieb ein Weilchen vor dem Stadttore stehen, um zu sehen, ob nicht noch etwas käme. Da kam ein Mädchen auf ihn zu, häßlich wie die Nacht, alt, zahnlos, verwachsen, mit geröteten Augen und rief hell auflachend:

»Juchhei, jetzt kommt mein langersehnter Bräutigam. Und den Trauring hast du auch schon am Finger. Beeile dich nur, der Herr Pfarrer erwartet uns schon zur Trauung in der Kirche.« Hans sträubte sich und dachte bei sich: »Wie kannst du ein Weib deiner Mutter zuführen, welches älter ist als diese?« – Sie aber hielt seine Hand in der ihren, an der ein ganz ähnlicher Ring saß.

»Lieber Hans«, sprach sie, »es ist gar nicht hübsch von dir, daß du so lange zögerst. Bin ich auch nicht hübsch, so bin ich doch eine tüchtige Wirtin. Du bist in den Besitz eines großen Hausrates gekommen und verstehst von der Bauernwirtschaft gar wenig. Deine kranke Mutter will ich hegen und pflegen und schaffen, daß unser Hausstand sich mehre.«

Hans stand eine Weile stumm da. Durch seinen Kopf ging die warnende Mahnung Rübezahls: »Wünsche nicht zuviel!« Er hatte sie überhört und nun gab es kein Zurück mehr.

Er kratzte sich hinter dem Ohr, machte gute Miene zum bösen Spiel, gab seiner Zukünftigen die Hand und sprach:

»Wenn's denn durchaus sein muß, so wollen wir den Pfarrer nicht länger warten lassen.«

Da sah sie ihn freundlich an und sprach: »Danke, lieber Hans, du sollst es nicht zu bereuen haben.«

So wurden sie in der Kirche getraut und unter dem Jubel des Gesindes zogen sie mit ihren Wagen und Gerätschaften nach einem Dorfe, welches Hans noch unbekannt war. Dort kauften sie sich einen

Bauernhof und brachten die mitgebrachte Habe unter der umsichtigen Leitung der Hausfrau in kurzer Zeit in Ordnung.

Hans gewann sein Weib schon am ersten Tage lieb und an jedem andern noch lieber. Sie fuhren nun zu Hansens Mutter, um sie abzuholen. Diese wollte sich jedoch gar nicht daran gewöhnen, daß ihr schmucker Junge eine so alte, häßliche Frau bekommen hatte. Sie konnte daher der Schwiegertochter kein freundliches Gesicht machen. Diese nahm das nicht übel, da sie wußte, von Hans geliebt zu werden. Als Mutter Bärbel aber sah, daß ihre Schwiegertochter Liese fleißig und unermüdlich im Haushalte tätig war und ihr selbst in ihrer Krankheit mit Handreichungen zur Seite stand, so fand sie sich zuletzt darein.

Ein Jahr später lag in der großen Holzwiege, deren Bretter mit allerhand Blumenverzierungen bemalt waren, ein prächtiger Junge, der aus Leibeskräften schrie. Mit ihm war die Freude im Hause vollkommen geworden und Bärbel schaukelte oft unter dem Gesange eines Schlummerliedchens die Wiege hin und her, um den kleinen schreienden Enkelsohn zu beruhigen und in süßen Schlummer zu wiegen.

So war der Jahrestag der Hochzeit gekommen. Fröhlich saßen die drei beieinander, als Liese zu sprechen begann:

»Ja, heut' vor einem Jahre habe ich etwas Seltsames erlebt, aber ich darf es nicht sagen, ehe es mir erlaubt wird.«

Hans wurde neugierig und auch Bärbel wollte das Geheimnis wissen, aber Liese blieb fest.

Da klopfte es plötzlich ans Fenster und draußen stand – der fremde Herr vom vorigen Jahr und sprach:

»Nun, Hans, siehst du nun, wie töricht es von dir war, zuviel zu wünschen? Hättest du meinen Worten Gehör geliehen, dann wärest du nicht zu einem solch häßlichen Weibe gekommen. Aber willst du sie nicht mehr, dann will ich dich von der Plage sogleich befreien.«

»Um keinen Preis«, schrie Hans entsetzt, »wie bin ich froh, daß Ihr sie mir gabt. Sie hat uns erst das Glück und die rechte Zufriedenheit ins Haus gebracht. Und dann seht einmal unsern Prachtbuben an, bei dem müßt Ihr Pate stehen, ich bitte Euch recht sehr darum.«

»Na, ihr Leutchen«, war die Antwort, »nun habe ich euch genug geneckt. Die Patenschaft nehme ich an. Du, Liese, kannst deine Geschichte vom vorigen Jahr erzählen.«

Damit entschwand er. Dann schloß Hans das Fenster und drehte sich um, um mit seiner Frau zu sprechen, doch er prallte zurück. War die blitzsaubere Frau mit den rosigen Wangen und den treublickenden Augen, die den zappelnden Buben auf ihren Armen hielt, Liese? Als sie anfing zu sprechen, da war es ihre Stimme und nun erzählte sie ihre Geschichte.

»Schau, Hans, vor einem Jahre sah ich gerade so aus, wie du mich jetzt siehst. Ich war ein eitles Ding, das sich auf seine Schönheit viel einbildete und alle Leute über die Schulter ansah. Meine Eltern waren mir zeitig gestorben, ich war wohlhabend und besaß dieses schöne Gut. An dem Sonntagmorgen, heute vor einem Jahre, ging ich auf die Wiese, um mir ein Sträußchen Wiesenblumen zum Vorstecken zu pflücken, denn die anderen Mädchen trugen Gartenblumen zu ihrem Kirchenstaat und ich mußte doch etwas Besonderes haben. Ich steckte mein Sträußchen ans Mieder, lief zu einem kleinen Teiche, welchen der Wiesenbach bildete, und betrachtete mich sehr wohlgefällig. Mein Bild gefiel mir über die Maßen, ich drehte und wandte mich nach allen Seiten und konnte mich gar nicht genug wundern über die Schönheit meiner Gestalt. Auf einmal erscholl hinter mir ein lautes Gelächter. Ich drehte mich um und erblickte einen Fremden und machte ihm ein gar böses Gesicht.

›Na, na, Jungfer‹, rief er spöttisch, ›entstelle sie doch ihr Lärvchen nicht so. Vorher sah die Narrheit in den Teich hinein, jetzt schaut die Bosheit aus dem Gesicht heraus.‹

Auf solche Grobheiten stemmte ich die Arme in die Seiten und schrie:

›Was fällt Euch ein, Ihr einfältiger Tropf? Was geht's Euch an, wenn ich mich im Wasser beschaue? Ich weiß, daß ich weit und breit im Gebirge als die ›schöne Liese‹ bekannt bin. Was habt Ihr Euch um mich zu kümmern?‹

Plötzlich reckte sich vor mir eine riesengroße Gestalt auf mit langem, wehendem Haar und Bart und eine Donnerstimme ertönte:

›Du hoffärtiges Ding, nun wirst du wohl merken, mit wem du es zu tun hast. Von heute ab sollst du die Gestalt annehmen, welche deine Hoffart straft. Statt der ›schönsten‹ sollst du als ›die häßlichste Liese weit und breit im Gebirge bekannt‹ sein. Gehe hin an das Tor von Hirschberg. Wenn du dort einen Burschen deiner wartend findest, so soll er sofort dein Mann werden. Sagst du aber einem Menschen je ein Wörtchen von dem, was hier geschehen ist, dann erhältst du nie deine frühere Gestalt wieder. Bringst du es aber durch Demut, Fleiß und Geduld dahin, daß dich dein Mann behalten will trotz deiner Häßlichkeit, dann sollst du deine Schönheit wiedererlangen. Gelingt dir das nicht, so mag dich dein Mann fortschicken und ich werde dich mitnehmen.‹

Damit verschwand er. Ich war entsetzt bei dem Gedanken an mein Schicksal. Laut jammernd warf ich mich in das Gras, aber ich mußte gehorchen. Am Tore zu Hirschberg wartete ich auf dich. Was habe ich dich bedauert, Hans, daß du ein solches Schreckbild zur Frau nehmen solltest. Nun hat sich alles zum Besten gekehrt.«

Niemand war froher über Liesens Verwandlung als ihre Schwiegermutter. Als Hans und Liese miteinander auf der Straße gingen, da riefen die Leute: »Die schöne Liese ist wieder da!« –

Als nun der kleine Sohn getauft werden sollte, blieb der Taufpate Rübezahl aus. Hans öffnete das Fenster, um nach ihm zu sehen, denn nur wenige Minuten fehlten noch an der festgesetzten Zeit. Da erhob sich ein Wirbelwind und wehte ein Päckchen in die Stube, darauf stand: »Der Herr vom Berge sendet seinem lieben Patchen dies Taufgeschenk zum freundlichen Gedenken.« Den Inhalt bildeten lauter neue Dukaten.

Hans und Liese haben Rübezahl nicht wiedergesehen, wohl aber der kleine Johannes. Ihm hat der Berggeist viel Gutes erwiesen sein Leben lang.

14. Fischbach

Unweit des Riesengebirges liegt ein schönes Tal, auf dessen Höhenrändern sich zwei hohe Granitkegel erheben. Das Volk nennt sie Falkenberge und die geschwätzige Sage weiß zu erzählen, daß dort vor alten Zeiten eine Burg stand. Dort hauste einst der gefürchtetste Raubritter des Landes, Herr Wesso, genannt »der Falk vom Berge«. Nichts war vor seinen Falkenaugen verborgen. Wenn die Kaufleute mit ihren Wagen und Waren zu den Märkten zogen oder die Bauern ihr sauer erworbenes Getreide zur nächsten Stadt fuhren, dann machte der Wächter von hoher Warte durch ein Sprachrohr seine Meldung; im Nu waren Roß und Reisige zur Stelle und nun ging's im sausenden Galopp zu Tal. Schnell vollzog sich die Plünderung der Wagen und beutebeladen kehrten die räuberischen Spießgesellen auf ihre Burg zurück. Die Beute wurde wieder verkauft und von dem Erlöse schmausten und zechten Ritter und Mannen und führten bei Gesang und Würfelspiel ein lustiges Leben.

Eines Abends saß der Ritter wieder beim Gelage. Aber seine Stimmung schien sehr getrübt zu sein. Gesenkten Blickes saß er in seinem Lehnstuhle und achtete nicht auf die Fröhlichkeit seiner zechenden Genossen. Diese spotteten darüber, aber er tat, als höre er sie nicht. Auch den vollen Humpen, den man ihm zum Trinken darreichte, verschmähte er. Als sich wiederum ein höhnendes Gelächter erhob, stand der Ritter auf und ein wilder Blick machte die Spötter stumm.

Da trat eilig ein Knappe herein und meldete, daß auf der Straße von Schmiedeberg her ein schwer beladener Wagen in Sicht sei, der sicher eine wertvolle Ladung mit sich führe. Mit wildem Geschrei sprangen die Raubritter vom Gelage auf und griffen zu ihren Schwertern. Nur Wesso erhob sich nicht und sah wie teilnahmslos den dahinstürmenden, rauhen Gesellen nach. Nun war es still in dem weiten Gemach. Wesso blickte traurig vor sich hin. Heute war der Todestag seiner Mutter. Das Andenken an sie hatte ihn ernst gestimmt: darum kam heute kein Tropfen über seine Lippen, darum hatte er nicht mit einstimmen können in die Zechlieder seiner Genossen, darum hatte er nicht wie sie zu Schwert und Rüstung gegriffen. Das Bild seiner Mutter in ihrer Sanftmut und Milde trat vor seine Seele; wie oft hatte sie ihm die goldenen Worte der Schrift an das Herz gelegt: »Selig sind die Barmherzigen, denn sie werden Barmherzigkeit erlangen, selig sind die Sanftmütigen, die Friedfertigen.« Hatte er in seinem Leben sich an ihr Wort und ihren Wandel gehalten? Oh, wie oft war er über die Reisenden hergefallen, hatte sie um Hab und Gut und Leben gebracht und unsägliches Herzeleid ihren Familien angetan! War das Barmherzigkeit, Sanftmut, Friedfertigkeit!

Mit raschem Schritt verließ er den Saal, befahl dem Knappen, schnell sein Roß zu satteln und griff nach seinem Schwerte. In wenigen Minuten stürmte er den Berg hinab zu der Schar seiner Ritter und Reisigen.

»Gebt den Gefangenen frei!« rief er diesen laut entgegen, als er einen Mann gebunden zwischen den Pferden sah. »Laßt ihn ziehen, oder ihr sollt meinen Arm fühlen!«

Die Raubritter murrten, aber Wesso stand in so hohem Ansehen bei ihnen, daß sie nicht zu widersprechen wagten und die Bande des gefesselten Kaufmanns lösten. Bleich und zitternd sank dieser zu Boden. Eine tiefe Wunde war am Halse sichtbar und Blut bedeckte seinen Körper.

Mitleidsvoll beugte sich Wesso über das Gesicht des Unglücklichen und es war ihm so, als flüstere ihm eine sanfte Stimme in die Ohren: »Selig sind die Barmherzigen, denn sie werden Barmherzigkeit erlangen.« »Tragt den Mann auf euren Armen nach meiner Burg hinauf; dort soll er gepflegt und gewartet werden. Auch den Wagen bringt hinauf. Wer es aber wagt, Hand an sein Eigentum zu legen, der soll es mit mir zu tun haben.«

Grollend und finsteren Antlitzes folgten ihm die Ritter. »Der Falke mausert sich«, höhnten einige. »Seit wann ist es denn Sitte geworden, die Feinde in die Burg einzuladen und die edlen Ritter rauh und hochmütig zu zwingen, daß sie ihren Gegnern Hilfe leisten?«

Schweigend und ohne auf die übermütigen Worte der Raubritter zu achten, ritt Wesso in die Burg ein. Nun wurde dafür gesorgt, daß die Kisten mit den Waren des Kaufmanns sicher und wohl aufbewahrt wurden, der Verwundete aber erhielt eine gute Pflege in einem der Gemächer des Ritters. Oft überzeugte sich dieser selbst von dem Zustande des Kranken und behandelte seine Wunde wie im Gleichnis der barmherzige Samariter tat an dem Reisenden, der unter die Mörder gefallen war.

Wochen vergingen, ehe der Kranke genas und seine Reise weiter fortsetzen konnte. Seine Waren ließ der Ritter auf einen Wagen laden und schenkte ihm obendrein noch zwei seiner kräftigsten Pferde, damit er schneller vorwärts käme und sein Ziel früher erreichte.

Aber die Spießgesellen des Ritters grollten ihm wegen seiner Großmut. Ihm hatten sie es zu verdanken, daß ihnen die reiche Beute entgangen war. Nun sannen sie auf Rache.

Einer der Hauptgegner Wessos war der Herzog Bolko. Zu dessen Heerbann gingen sie über und veranlaßten ihn, die Falkenburg zu erstürmen und den Ritter gefangen zu nehmen. Das geschah. Eines Abends sah Wesso die Feinde, welche einige Tage seine Burg belagert hatten, die Mauer ersteigen und Feuerbrände in den Schloßhof werfen. Noch gab es einen Ausweg, einen unterirdischen Gang. Diesen betrat der Ritter, während die Flammen schon auf den Dächern der Schloßgebäude leuchteten.

Verlassen und verraten von seinen Freunden, irrte der Flüchtige durch das Dunkel der Nacht. Da vernahm er Tritte; schon wollte er sich, in der Befürchtung auf seine Feinde zu stoßen, hinter einen Busch verstecken, als eine Stimme ihn anredete. Die Sprache kam ihm bekannt vor und bald erkannte er beim Scheine der Fackel, welche der Sprecher trug, den Kaufmann, welcher in Fischertracht vor ihm stand.

»Kommt mit mir in meine arme Hütte, Herr Ritter.« begann er zu reden, »sie wird Euch sicher Schutz und Obdach gewähren. Seit jenem Tage, da Ihr mich aus Eurer Burg geheilt entließet, hat mich das Unglück verfolgt. Ich bin ein armer Mann geworden und lebe hier als Fischer. Kommt, bei mir seid Ihr sicher vor Verfolgungen.«

Mit Freuden nahm Wesso das Anerbieten an. Nach einer kurzen Wanderung lag die Hütte vor ihren Augen. Der Fischer bereitete seinem Gaste ein kräftiges Abendessen und unterhielt sich eine Weile mit ihm, bis dem Ritter infolge der Aufregungen seiner Flucht die Augen zufielen. Auf ein weiches Lager gebettet, fiel er in einen langen, erquickenden Schlaf.

Als Wesso am andern Morgen erwachte, war der Fischer verschwunden. Er suchte ihn in allen Winkeln und rief ihn bei seinem Namen, aber nirgends war er zu finden. Da begann der Ritter, um sich seinen Unterhalt zu verdienen, sich des Fischfanges zu befleißigen. Die Mannen des Herzogs hatten seine Burg zerstört und waren abgezogen. Nun durfte er sich mehr aus seinem Versteck wagen, um als Fischer seine Beute feilzubieten. Er konnte zeitweise bei der allgemeinen Nachfrage nicht genug Fische liefern, obwohl jeder Fang eine große Menge Fische einbrachte.

So lebte er eine Zeitlang friedlich dahin, aber eine gewisse Sehnsucht nach seinem früheren Leben konnte er in seinem Herzen nie unterdrücken. Wie gern hätte er wieder sein streitbares Roß bestiegen, wie gern die Angelrute mit dem Schwerte vertauscht!

Eben war wieder der Todestag seiner Mutter und schwere Gedanken bewegten Wessos Herz. Am Rande des Bächleins sitzend, senkte er traurig seine Angelrute in das Wasser. Da zuckte es plötzlich am Haken und ein Fisch von ungewöhnlicher Länge hing daran, den er nur mit der größten Kraftanstrengung ans Land zu ziehen vermochte.

Er mußte tief in den Bach hineinwaten, um den Fang herauszuholen. Aber was für ein wunderbarer Fisch hing an dem Haken! Er war von gediegenem Golde und nun erst wurde es dem Ritter klar, daß jener Kaufmann, dem er einst das Leben gerettet hatte, niemand anders, als der Berggeist des Riesengebirges, Rübezahl, gewesen sei.

Nun war er wieder reich. Er verließ die kleine Fischerhütte und baute ein schönes Schloß an derselben Stelle, wo sein Zufluchtsort, die kleine Fischerhütte, gestanden hatte. Mitten im Walde erhob sich bald die Burg des Ritters; er gab ihr einen hohen Turm und mächtige Wälle und nannte sie zur Erinnerung an den goldenen Fisch, den er im Bache gefangen hatte, Fischbach.

Um die Burg bauten sich im Tale Ansiedler an und wer heute zur schönen Sommerszeit das Riesengebirge bereist, wird niemals verfehlen, auch das herrlich gelegene, berühmt gewordene Fischbach aufzusuchen.

15. Meister Meckerling

In der Stadt Landshut in Schlesien lebte ein Schneidermeister, namens Samuel Meckerling. Sein Name war weit über das Weichbild der Stadt hinaus bekannt, denn er galt für einen der geschicktesten Meister weit und breit und es kam nicht selten vor, daß Edelleute, hohe Beamte und Gelehrte in seinem Hause abstiegen und die Anfertigung ihrer Kleider bestellten. Einen Fehler aber besaß der geschäftige Meister. Er pflegte von den kostbaren Stoffen, aus welchen er die Kleider zuschnitt und anfertigte, immer einige Stücken in die »Hölle« wandern zu lassen, das heißt für sich zu verwerten. Auch kam es wiederholt vor, daß er gröbere Stoffe an Stelle der ihm übergebenen feineren verarbeitete.

Einst hielt ein herrschaftliches Geschirr vor seinem Hause und diesem entstieg ein vornehmer Herr. Meckerling sprang von seinem Schneidertisch, ging vor die Tür und begrüßte mit tiefer Verbeugung den Fremden.

»Was verschafft mir, gnädiger Herr, die Ehre Eures Besuches?« redete er ihn mit gewandten Worten an.

»Ich wünsche von Euch innerhalb drei Tagen von diesem Tuche einen Rock angefertigt zu haben. Gebt Euch rechte Mühe; er soll mein

Staatsrock werden und es wird für Euch kein Schaden sein, wenn das Werk den Meister lobt.«

Meister Meckerling betrachtete mit Wohlgefallen den kostbaren Stoff und machte sich daran, an der Gestalt des Fremden Maß zu nehmen. Da wiegte er seinen Kopf wie bedenklich hin und her und sagte:

»Der Stoff wird nicht reichen, gnädiger Herr, aus solchem kurzen Stück kann ich den Rock, wie Ihr ihn wünscht, nicht anfertigen. Es fehlen noch fast zwei Ellen.«

Der Fremde aber, welcher wußte, daß er zwei Ellen zu viel beim Tuchhändler gekauft hatte, antwortete nicht, sondern ging aus dem Hause. Als ihm Meckerling das Geleit gab, verabschiedete er sich mit den kurzen Worten: »In drei Tagen also wird mein Diener den fertigen Rock von Euch abholen.«

So geschah es. Ein reichbetreßter Diener erschien, nahm den Rock in Empfang und bezahlte die Rechnung.

Meckerling lachte sich ins Fäustchen, als er die blanken Taler einstrich.

»Das war ein feines Geschäft«, murmelte er vor sich hin, »einen honetten Kunden mehr, eine reichliche Bezahlung und obendrein noch zwei Ellen des kostbaren Stoffes für die ›Hölle‹.«

Es war Sommer geworden und Meister Meckerling beschloß, drüben im Böhmerlande seinen Bruder zu besuchen. Für die Schneiderei ist der Sommer die stillste Zeit, darum war es ihm möglich, einen Ausflug zu unternehmen.

Frisch und fröhlich ging er seinen Weg über das Gebirge. Da stand plötzlich an einer engen Stelle der Straße ein Reiter vor ihm, der ihn am Weitergehen hinderte. Von Kopf bis zu den Füßen war er feuerrot gekleidet und auf seinem Hute prangte eine lange rote Feder. Sein Reittier bestand in einem riesigen schwarzen Ziegenbock mit zwei gewaltigen Hörnern.

»Nun, ehrsamer Meister Meckerling, das trifft sich ja herrlich«, schrie der Rote, in welchem jener mit Schrecken seinen Kunden, den Edelmann, erkannte. »Liegen denn noch die zwei Ellen gestohlenen Stoffes von meinem Rock in Eurer Hölle? Ihr werdet mir gewiß davon mancherlei zu erzählen haben. Also kommt, schwingt Euch auf meinen Ziegenbock, ich habe wenig Zeit.«

Da fiel der Schneider in die Knie und hob flehentlich seine Hände auf. »Ach Herr«, jammerte er, »macht keinen Ernst mit Euren Worten. Ich will Euch alles gern wieder ersetzen, was ich veruntreut habe.«

»Aufsitzen!« befahl wütend der Reiter, der kein anderer als Rübezahl war, »oder ich schleudere dich den Abgrund hinunter, daß du kein Glied mehr fühlst.«

Da faßte Meckerling in seiner Angst in das zottige Fell des Bockes, um sich auf seinen Rücken zu schwingen. Aber in demselben Augenblick erhob sich das Tier und nun schwebte der dürre Schneider angsterfüllt zwischen Himmel und Erde und flog sausend durch die Luft. Mit einem steinerweichenden Schrei bat er flehentlich den lachenden Reiter, ihn wieder zur Erde zu befördern.

Endlich setzte ihn der Bock ab. Aber es war finster geworden und der arme Tropf befand sich in einer wildfremden Gegend. Über Stock und Stein, durch Dornen und Dickicht, durch Moor und Sumpf stapfte er dahin, bis er endlich erschöpft auf der breiten Fahrstraße anlangte. Mit zerrissenen Kleidern, ermatteten Gliedern und gedemütigtem Herzen traf er endlich wieder in seiner Behausung ein.

Der Lustritt aber hatte den Schneider geheilt. Nun wurde er ehrlich und legte vor seiner Hölle für alle Zeiten ein Schloß. Das wurde allenthalben bekannt und Meister Meckerling ein wohlhabender Mann.

16. Gräfin Cäcilie

Nach allen diesen Geschichten ließ der Berggeist lange Zeit nichts wieder von sich hören. Zwar trug sich das Volk mit allerlei Wundergeschichten, welche die Einbildung der Hausmütter in geselligen Winterabenden so lang und fein ausspann als den Faden am Rocken; es war eitel Fabelei, zur Kurzweil ausgedacht. Der Gräfin Cäcilie war die letzte Begegnung mit dem Berggeiste vorbehalten, bevor er seine letzte Hinabfahrt in die Unterwelt antrat.

Diese Dame, mit allerlei Gicht und Gebrechen beladen, machte nebst zwei gesunden, blühenden Töchtern die Reise nach Karlsbad. Die Mutter verlangte so sehr nach der Badekur und die Fräuleins nach den Lustbarkeiten des Bades, daß sie sonder Rast Tag und Nacht reisten. Es traf sich, daß sie gerade mit Sonnenuntergang ins Riesengebirge gelangten. Es war ein wunderbar schöner, warmer Sommerabend, kein Lüftchen regte sich. Der nächtliche Himmel mit funkelnden Sternen besät, die goldene Mondsichel, deren milchfarbenes Licht die schwarzen Waldschatten der hohen Fichten milderte, und die beweglichen Funken unzähliger, leuchtender Johanniskäfer, die in den Gebüschen schwirrten, gaben die Beleuchtung zu einer der schönsten Naturbilder, wiewohl die Reisegesellschaft wenig davon wahrnahm; denn Mama war, da es gemächlich bergan ging, von der schaukelnden Bewegung des Wagens in sanften Schlummer gewiegt worden und die Töchter nebst der Zofe hatten sich jede in ein Eckchen gedrückt und schlummerten gleichfalls. Nur dem wachsamen Johann kam auf der hohen Warte des Kutscherbockes kein Schlaf in die Augen; alle Geschichten von Rübezahl, die er vor Zeiten so gespannt angehört hatte, kamen ihm jetzt auf dem Schauplatz dieser Abenteuer wieder in den Sinn und er hätte wohl gewünscht, nie etwas davon gehört zu haben. Ach, wie sehnte er sich nach dem sicheren Breslau zurück, wohin sich nicht leicht ein Gespenst wagte! Er sah schüchtern auf alle Seiten umher und durchlief mit den Augen oft alle zweiunddreißig Richtungen der Windrose in weniger als einer Minute, und wenn er etwas ansichtig wurde, das ihm bedenklich schien, so lief ihm ein kalter Schauer den Rücken herunter und die Haare stiegen ihm zu Berge. Zuweilen ließ er seine Besorgnisse den Schwager Postillion merken und forschte mit Fleiß von ihm, ob's auch geheuer sei im Gebirge. Wiewohl ihm dieser nun die heile Haut durch einen kräftigen Fuhrmannsschwur versicherte, bangte ihm doch das Herz unablässig.

Nach einer langen Pause der Unterredung hielt der Postkutscher die Pferde an, murmelte etwas zwischen den Zähnen und fuhr weiter, hielt nochmals an und wechselte so verschiedentlich. Johann, der seine Augen fest geschlossen hatte, ahnte nichts Gutes, blickte schüchtern auf und sah mit Entsetzen in der Weite eines Steinwurfs vor dem Wagen eine pechrabenschwarze Gestalt daherwandeln von übermenschlicher Größe mit einem weißen spanischen Halskragen angetan, und das Bedenklichste bei der Sache war, daß der Schwarzmantel keinen Kopf hatte.

Hielt der Wagen, so stand der Wanderer still und regte Wipprecht die Pferde an, so ging er auch weiter. »Schwager, siehst du was!« rief der zaghafte Tropf vom hohen Kutschbock herab mit berganstehendem Haar.

»Freilich seh' ich was«, antwortete dieser ganz kleinlaut; »aber schweig' nur, daß es nichts merkt.«

Johann waffnete sich mit allen Stoßgebetlein, die er wußte und schwitzte dabei vor Angst kalten Todesschweiß. Und wie ein Blitz, wenn's in der Nacht wetterleuchtet und der Donner noch in der Ferne rollt, schon das ganze Haus rege macht, um sich durch die Gemeinschaft mit den Hausbewohnern vor der gefürchteten Gefahr zu sichern, so suchte aus dem nämlichen Trieb der verzagte Diener Trost und Schutz bei seiner schlummernden Herrschaft und klopfte hastig ans Fenster. Die erwachende Gräfin, unwillig, daß sie aus ihrem sanften Schlummer gestört wurde, fragte: »Was gibt's?«

»Ihro Gnaden, schaun Sie einmal aus«, rief Johann mit zagender Stimme, »dort geht ein Mann ohne Kopf.«

»Dummkopf, der du bist«, antwortete die Gräfin, »was träumt deine Phantasie für Fratzen! Und wenn dem so wäre«, fuhr sie scherzhaft fort, »so ist ja ein Mann ohne Kopf keine Seltenheit, es gibt deren in Breslau und außerhalb genug.«

Die Fräuleins konnten indessen den Witz der gnädigen Mama diesmal nicht schmackhaft finden, ihr Herz war beklommen vor Schrecken, sie schmiegten sich schüchtern an die Mutter an, bebten und jammerten: »Ach, das ist Rübezahl, der Bergmönch!«

Die Dame aber, die an keine Geister glaubte, strafte die Fräuleins dieser spießbürgerlichen Vorurteile halber, bewies, daß alle Gespenster- und Spukgeschichten Ausgeburten einer kranken Einbildungskraft wären, und erklärte die Geistererscheinungen samt und sonders aus natürlichen Ursachen.

Ihre Zunge war eben in vollem Gange, als der Schwarzmantel, der auf einige Augenblicke dem Gespensterspäher aus dem Auge geschwunden war, wieder aus dem Busch hervor auf den Weg trat. Da war nun deutlich wahrzunehmen, daß Johann falsch gesehen hatte; der Wandersmann hatte allerdings einen Kopf, nur daß er ihn nicht wie gewöhnlich zwischen den Schultern, sondern wie einen Schoßhund im Arme trug. Dieses Schreckbild in der Weite von drei Schritten erregte innerhalb und außerhalb des Wagens großes Entsetzen. Die holden Fräuleins und die Zofe, welche sonst nicht gewohnt war, mit einzureden, wenn ihre junge Herrschaft das Wort führte, taten aus einem Munde einen lauten Schrei, ließen den seidenen Vorhang herabrollen, um nichts zu sehen und verbargen ihr Angesicht wie der Vogel Strauß, wenn er dem Jäger nicht mehr entrinnen kann. Mama schlug mit stummem Schrecken die Hände zusammen. Johann, auf den der furchtbare Schwarzmantel es besonders abgesehen zu haben schien, erhob in der Angst des Herzens das gewöhnliche Feldgeschrei, womit die Gespenster begrüßt zu werden pflegen: »Alle guten Geister loben Gott den Herrn!« Doch ehe er ausgeredet hatte, schleuderte ihm das Ungetüm den abgehauenen Kopf gegen die Stirn, daß er von seinem hohen Sitz herabstürzte; in dem nämlichen Augenblicke lag auch der Postkutscher durch einen kräftigen Keulenschlag zu Boden gestreckt und die Erscheinung keuchte aus hohler Brust in dumpfen Ton diese Worte aus: »Nimm das von Rübezahl, dem Herrn des Gebirges, daß du ihm ins Gehege fuhrst! Verfallen ist mir Schiff, Geschirr und Ladung.« Hierauf schwang sich das Gespenst auf den Sattel, trieb die Pferde an und fuhr bergab, bergan, über Stock und Stein, daß vor dem Rasseln der Räder und dem Schnauben der Rosse von dem Angstgeschrei der Damen nichts hörbar war.

Urplötzlich vermehrte sich die Gesellschaft um eine Person; ein Reiter trabte ganz unbefangen neben dem Fuhrmann vorbei und schien es gar nicht zu bemerken, daß diesem der Kopf fehle; er ritt vor dem Wagen her, als wenn er dazu gedungen wäre. Dem Schwarzmantel schien diese Gesellschaft eben nicht zu behagen, er lenkte nach einer andern Richtung um, der Reiter tat dasselbe und so oft auch jener aus dem Weg bog, so konnte er den lästigen Geleitsmann nicht los werden, der wie zum Wagen gebannt war. Das nahm den Fuhrmann groß wunder, besonders da er deutlich wahrnahm, daß der Schimmel des Reiters einen Fuß zu wenig hatte, obgleich die dreibeinige Rosinante übrigens ganz schulgerecht trabte. Dabei wurde dem schwarzen Wagenlenker auf dem Sattelgaule nicht wohl zumute und er fürchtete, seine Rübezahlsrolle dürfte bald ausgespielt sein, da der wahre Rübezahl sich ins Spiel zu mischen schien. –

Nach Verlauf einiger Zeit drehte sich der Reiter um, so daß er dicht neben den Fuhrmann kam, und fragte ihn ganz traulich: »Landsmann ohne Kopf, wo geht die Reise hin?«

»Wo wird's hingehen«, antwortete das Kutschergespenst mit furchtsamem Trotz, »wie Ihr seht, der Nase nach.«

»Wohl!« sprach der Reiter, »laß sehen, Gesell, wo du die Nase hast!«

Darauf fiel er den Pferden in die Zügel, packte den Schwarzmantel beim Leib und warf ihn so kräftig zur Erde, daß ihm alle Glieder dröhnten; denn das Gespenst hatte Fleisch und Bein, wie jeder Mensch. Behend war der Betrüger entkleidet; da kam ein wohlgeformter Krauskopf zum Vorschein, der gestaltet war wie ein gewöhnlicher Mensch. Weil sich nun der Schalk entdeckt sah und die schwere Hand seines Gegners fürchtete, auch nicht zweifelte, der Reiter sei der leibhaftige Rübezahl, den er nachzuäffen sich unterfangen hatte, ergab er sich auf Gnade und Ungnade und bat flehentlich um sein Leben.

»Gestrenger Gebirgsherr«, sprach er, »habt Erbarmen mit einem Unglücklichen, der die Schläge des Schicksals von Jugend auf erfahren hat, der nie sein durfte, was er wollte, der jederzeit aus dem Stand mit Gewalt herausgestoßen wurde, in den er sich mit Mühe hineingearbeitet hatte, und nachdem sein Aufenthalt unter den Menschen vernichtet ist, auch nicht einmal Gespenst sein darf.«

Diese Anrede war ein Wort zu seiner Zeit. Der Berggeist war gegen seinen Doppelgänger so ergrimmt, daß er ihn erdrosselt haben würde, wenn nicht seine Neugierde rege gemacht worden wäre, die Schicksale des Abenteurers zu vernehmen.

»Sitz' auf, Gesell«, sprach er, »und tu, was dir geheißen wird.« Darauf zog er vorerst dem Schimmel den vierten Fuß zwischen den Rippen hervor, trat an den Schlag, öffnete diesen und wollte die Reisegesellschaft freundlich begrüßen.

Aber drinnen war's stille wie in einer Totengruft; der übermäßige Schrecken hatte die Insassen so gewaltsam erschüttert, daß alle, von der gnädigen Frau bis auf die Zofe, in ohnmächtigem Hinbrüten dalagen. Der Reiter wußte indessen bald Rat zu schaffen; er schöpfte aus dem vorüberrieselnden Bächlein einer frischen Bergquelle seinen Hut voll Wasser, sprengte den Damen davon ins Gesicht, hielt ihnen das Riechfläschchen vor, rieb ihnen mit der duftenden Flüssigkeit die Schläfe und brachte sie wieder ins Leben. Sie schlugen eine nach der andern die Augen auf und erblickten einen wohlgestalteten Mann von unverdächtigem Aussehen, der durch seine Dienstbeflissenheit sich bald Zutrauen erwarb.

»Es tut mir leid, meine Damen«, redete er sie an, »daß Sie in meinem Gerichtsbezirk von einem vermummten Bösewicht belästigt worden sind, der ohne Zweifel die Absicht hatte, Sie zu bestehlen; aber Sie sind in Sicherheit, ich bin der Oberst von Riesental. Erlauben Sie, daß ich Sie zu meiner Wohnung geleite, die nicht fern von hier ist.«

Diese Einladung kam der Gräfin sehr gelegen, sie nahm solche mit Freuden an; der Krauskopf bekam Befehl, fortzufahren und gehorchte mit zagender Bereitwilligkeit. Um den Damen Zeit zu lassen, sich von ihrem Schrecken zu erholen, gesellte sich der Oberst wieder zum Fuhrmann, hieß ihn bald rechts, bald links wenden und dieser bemerkte ganz deutlich, daß der Ritter zuweilen eine von den herumschwirrenden Fledermäusen zu sich berief und ihr geheime Befehle erteilte, was sein Grausen noch vermehrte.

In Zeit von einer Stunde blinkte in der Ferne ein Lichtlein, daraus wurden zwei und endlich vier; es kamen vier Jäger herangesprengt mit brennenden Fackeln, die ihren Herrn, wie sie sagten, ängstlich gesucht hatten und erfreut schienen, ihn zu finden. Die Gräfin war nun wieder in vollem Gleichmute und da sie sich außer Gefahr sah, dachte sie an den ehrlichen Johann und war um sein Schicksal bekümmert. Sie eröffnete ihrem Schutzherrn dieses Anliegen, der alsbald zwei von den Jägern fortschickte, die beiden Unglückskameraden aufzusuchen und ihnen benötigten Beistand zu leisten. Bald darauf rollte der Wagen durchs düstere Burgtor in einen geräumigen Vorhof hinein und hielt vor einem herrlichen Palast, der ganz erleuchtet war. Der Oberst bot der Gräfin den Arm und führte sie in die Prachtgemächer seines Hauses in eine große Gesellschaft ein, die daselbst versammelt war. Die Fräuleins befanden sich in keiner geringen Verlegenheit, daß sie in Reisekleidern in eine so glänzende Gesellschaft traten, ohne vorher die Kleider gewechselt zu haben.

Nach den ersten Höflichkeitsbezeigungen gruppierte sich die Gesellschaft wieder in verschiedene kleine Kreise. Einige setzten sich zum Spiel, andere unterhielten sich durch Gespräche. Das Abenteuer wurde viel beredet und, wie es bei Erzählung überstandener Gefahren gewöhnlich der Fall ist, zu einem kleinen Heldengedicht ausgebildet, in welchem Mama sich gern die Rolle der Heldin zugeteilt hätte, wenn sich das Riechfläschchen des hilfreichen Ritters hätte beseitigen lassen. Bald darauf führte der aufmerksame Wirt einen Mann ein, der recht wie gerufen kam; es war ein Arzt, der nach dem Gesundheitszustande der Gräfin und ihrer schönen Töchter forschte, den Puls prüfte und mit bedeutender Miene mancherlei bedenkliche Anzeichen ahnte. Obwohl sich die Dame so wohl als möglich befand, so machte ihr doch die angedrohte Gefahr für das Leben bange; denn aller Leibesbeschwerden ungeachtet, war ihr der gebrechliche Körper noch so lieb wie ein langgewohntes Kleid, das man nicht gern entbehrt, ob es gleich abgetragen ist. Auf Verordnung des Arztes verschluckte sie Pulver und Tropfen, und die gesunden Töchter mußten wider Willen dem Beispiel der besorgten Mutter folgen.

Allzu nachgiebige Patienten machen strenge Ärzte; die ärztlichen Verordnungen waren kaum befolgt, so begab man sich zur Tafel in den Speisesaal, wo ein königliches Mahl aufgetischt wurde. Die Schenktische waren mit Silberwerk aufgeputzt; es prangten da goldene und übergoldete Pokale und riesige Willkommen nebst den dazugehörigen Schalen von getriebener Arbeit. Eine herrliche Musik tönte aus den Nebenzimmern und flötete den leckerhaften Schmaus und die feinen Weine den Gästen lieblich hinunter. Nach Entfernung der Schüsseln ordnete der Speisemeister den bunten Nachtisch, der aus Bergen und Felsen von gefärbtem Zucker bestand. Das ganze Abenteuer der Gräfin war in niedlichen Figuren, wie sie auf den Tafeln der Großen zu prangen pflegen, abgebildet. Die Gräfin unterließ nicht, das alles in der Stille bei sich bewundernd zu beherzigen. Sie wendete sich an ihren Stuhlnachbar, seiner Angabe nach einen böhmischen Grafen, fragte neugierig, was für ein Festtag hier gefeiert werde, und erhielt zur Antwort, daß nichts Außerordentliches vorgehe, es sei nur eine freundschaftliche Begegnung von guten Bekannten, die hier zufälligerweise zusammenträfen. Es nahm sie wunder, von dem wohlhabenden, gastfreien Obersten von Riesental weder in noch außerhalb Breslau je ein Wort gehört zu haben, und so emsig sie auch die Namen durchlief, wovon ihr Gedächtnis einen reichen Vorrat aufbewahrte, konnte sie doch diesen Namen darunter nicht ausfindig machen. Sie gedachte das von dem Wirt selbst zu erforschen und begehrte von ihm Aufschluß und Belehrung; aber dieser wußte ihr so geschickt auszuweichen, daß sie nie mit ihm zum Zwecke kam. Geflissentlich riß er diesen Faden ab und zog die Unterredung in die lustigen Räume des Geisterreiches hinüber.

Einer der Gäste wußte viel wundersame Geschichten von Rübezahl zu erzählen; man stritt für und wider die Wahrheit derselben; die Gräfin zog gegen das Dasein des Geistes sehr zu Felde.

»Meine eigene Geschichte«, so sprach sie, »ist ein augenscheinlicher Beweis, daß alles, was man von dem erwähnten Berggeiste sagt, leere Träume sind. Wenn er hier im Gebirge sein Wesen hätte und die edlen Eigenschaften besäße, die ihm Fabler und müßige Köpfe zueignen, so würde er einem Schurken nicht gestattet haben, solchen Unfug auf seine Rechnung mit uns zu treiben. Aber das armselige Unding von Geist konnte seine Ehre nicht retten und ohne den edelmütigen Beistand des Herrn von Riesental hätte der freche Bube sein Spiel so weit mit uns treiben können, als er Lust hatte.«

Der Herr vom Hause hatte an diesen Gesprächen bisher wenig Anteil genommen; jetzt aber mischte er sich ins Gespräch und nahm das Wort:

»Sie haben, gnädige Frau, mit vielem Geschick versucht, das Nichtvorhandensein des Berggeistes mit mancherlei Gründen zu beweisen. Dennoch dünkt mich, ließen sich gegen Ihren letzten Beweis noch einige Einwürfe machen. Wie, wenn der fabelhafte Gebirgsgeist bei Ihrer Befreiung aus der Hand des entlarvten Räubers dennoch mit im Spiel gewesen wäre? Wie, wenn es ihm gefallen hätte, meine Gestalt anzunehmen, um Sie unter dieser unverdächtigen Maske in Sicherheit zu bringen, und wenn ich Ihnen sagte, daß ich von dieser Gesellschaft, als Wirt vom Hause, mich nicht einen Fuß breit entfernt habe, daß Sie durch einen Unbekannten in meine Wohnung eingeführt worden sind, der nicht mehr vorhanden ist? Sonach wär's doch möglich, daß der Berggeist seine Ehre gerettet hätte, und daraus würde folgen, daß er nicht ganz das Unding wäre, wofür Sie ihn halten.«

Diese Rede brachte die Gräfin einigermaßen aus der Fassung und die schönen Fräuleins legten vor Erstaunen die Gabel aus der Hand und sahen dem Hausherrn starr ins Angesicht, um ihm aus den Augen zu lesen, ob das im Scherz oder im Ernst gesagt sei. Die weitere Erörterung unterbrach die Ankunft des wieder aufgefundenen Bedienten und des Postkutschers. Der letztere war ebenso beglückt beim Anblick seiner vier Rappen im Stalle, wie der erstere, als er frohlockend ins Tafelgemach eintrat und daselbst seine Herrschaft vergnügt und wohlbehalten antraf. Triumphierend trug er das ungeheure Riesenhaupt des Schwarzmantels einher, durch welches er wie von einer Bombe zu Boden geschmettert worden war. Das Haupt wurde dem Arzte übergeben, um es zu begutachten. Doch erkannte er es bald für einen ausgehöhlten Kürbis, der mit Sand und Steinen angefüllt und durch den Zusatz einer hölzernen Nase und eines langen Flachsbartes zu einem abschreckenden Menschenantlitz aufgestutzt war.

Nach aufgehobener Tafel ging die Gesellschaft auseinander, da der Morgen bereits herandämmerte. Die Damen fanden ein köstlich zubereitetes Nachtlager in seidenen Prunkbetten, wo sie der Schlaf so geschwind überraschte, daß die Einbildungskraft nicht Zeit hatte, ihnen die Schreckbilder der Gespenstergeschichte wieder vorzugaukeln und ängstliche Träume anzuspinnen. Es war hoch am Tage, als Mama erwachte, der Zofe klingelte und die Fräuleins weckte, die gern noch einen Versuch gemacht hätten, in den weichen Federn auch auf dem andern Ohr zu schlafen. Allein die Gräfin verlangte so sehr, die Heilkräfte des Bades aufs baldigste zu versuchen, daß sie durch keine Einladung des gastfreien Hauswirtes zu bewegen war, einen Tag zu verweilen, so gern auch die Fräuleins dem Ball beigewohnt hätten, den er ihnen zu geben verhieß. Sobald das Frühstück eingenommen war, schickten sich die Damen zur Abreise an. Gerührt durch die freundschaftliche Aufnahme, die sie in dem Schlosse des Herrn von Riesental genossen hatten, der auf die höflichste Art bis an die Grenzen seines Gebietes ihnen das Geleite gab, beurlaubten sie sich mit der Verheißung, auf der Rückkehr wieder einzusprechen.

Kaum war Rübezahl in seiner Burg angelangt, so wurde der Krauskopf ins Verhör geführt, der unter Furcht und Erwartung der Dinge, die da kommen würden, die Nacht in einem unterirdischen Keller zugebracht hatte.

»Elender Erdenwurm«, redete ihn der Geist an, »was hält mich ab, daß ich dich nicht zertrete für die in meinem Eigentum mir zu Spott und Hohn verübte Gaukelei? Büßen sollst du mir mit Haut und Haar für diese Frechheit.«

Der Krauskopf hielt eine lange Rede und suchte sein Verhalten mit seinen unglücklichen Lebensschicksalen zu beschönigen. Das stimmte den Berggeist milder und er sprach:

»Geh, Schurke, so weit dich deine Füße tragen und ersteig den Gipfel deines Glücks am Galgen!« Hierauf verabschiedete er seinen Gefangenen mit einem kräftigen Fußtritte, und dieser war froh, daß er mit einer so gelinden Strafe abkam und pries seine Beredsamkeit, die seiner Meinung nach ihn diesmal aus einer sehr mißlichen Lage gezogen hatte. Er beeilte sich, dem gestrengen Gebirgsherrn aus den Augen zu kommen.

Die Gräfin Cäcilie war indessen mit ihrer Begleitung glücklich und wohlbehalten in Karlsbad angelangt. Das erste, was sie tat, war, den

Badearzt zu sich zu berufen und ihn, wie gewöhnlich, über ihren Gesundheitszustand und die Einrichtung der Kur zu befragen. Da trat herein der weiland hochberühmte Arzt Doktor Springsfeld aus Merseburg, für welchen das Bad eine Goldquelle war.

»Seien Sie uns willkommen, lieber Doktor«, riefen Mama und die holden Fräuleins ihm traulich und freundlich entgegen.

»Sie sind uns zuvorgekommen«, fügte erstere hinzu, »wir vermuteten Sie noch bei dem Herrn von Riesental; aber loser Mann, warum haben Sie uns dort verschwiegen, daß Sie der Badearzt sind?«

Der Arzt stutzte, sann lange hin und her und erinnerte sich nicht, die Damen irgendwo gesehen zu haben.

»Ihro Gnaden verwechseln ohne Zweifel mich mit einem andern«, sprach er, »ich habe vorher nicht die Ehre gehabt, Ihnen persönlich bekannt zu sein; der Herr von Riesental gehört auch nicht zu meiner Bekanntschaft, und während der Kurzeit pflege ich mich nie von hier zu entfernen.«

Die Gräfin konnte keinen anderen Grund von dieser Verstellung, welche der Arzt so ernsthaft behauptete, sich geben, als daß er für die geleistete Dienste nicht wollte belohnt sein. Sie erwiderte lächelnd: »Ich verstehe Sie, lieber Doktor; Ihr Zartgefühl geht aber zu weit; es soll mich nicht abhalten, mich für Ihre Schuldnerin zu bekennen und für Ihren guten Beistand dankbar zu sein.«

Sie nötigte ihm darauf eine goldene Dose mit Gewalt auf, die der Arzt jedoch nur als Vorausbezahlung annahm und, um die Dame als eine gute Kundschaft nicht unwillig zu machen, widersprach er ihr nicht weiter. Er erklärte sich übrigens das Rätsel ganz leicht durch die Annahme, daß die ganze gräfliche Familie von einer Art Kribbelkrankheit befallen sei, wobei seltsame und unbegreifliche Wirkungen der Einbildungskraft nichts Ungewöhnliches sind, und verordnete allerlei Mittel.

Doktor Springsfeld suchte sich seinen Patienten lieb und angenehm zu machen; er wußte seine Kunden mit artigen Geschichtchen, Stadtneuigkeiten und kleinen Anekdoten wohl zu unterhalten und ihre Lebensgeister dadurch aufzumuntern. Da er vom Besuch der Gräfin seine Ronde ging, gab er die sonderbare Begegnung mit der neuen Kundschaft in jedem Krankenzimmer zum besten, ließ bei der oftmaligen Wiederholung die Sache unvermerkt wachsen und kündigte die Dame bald als eine Kranke, bald als Seherin an. Man war begierig, eine so außerordentliche Bekanntschaft zu machen, und die Gräfin Cäcilie wurde in Karlsbad das Märchen des Tages. Alles drängte sich zu ihr, da sie mit ihren schönen Töchtern zum erstenmal erschien. Es war ihr und den Fräuleins ein höchst überraschender Anblick, die ganze Gesellschaft hier anzutreffen, in welche sie vor einigen Tagen in dem Schlosse des Herrn von Riesental eingeführt worden waren. Der böhmische Graf fiel ihnen zuerst in die Augen. Sie waren der steifen Formen überhoben, gegen Unbekannte sich zu beknicksen; es war für sie kein fremdes Gesicht im Saale. Mit freimütiger Unbefangenheit wendete sich die gesprächige Dame bald zu dem, bald zu jenem von der Gesellschaft, nannte jeden bei seinem Namen und Titel, sprach viel vom Herrn von Riesental, bezog sich auf die bei diesem gastfreien Manne mit ihnen allerseits gepflogenen Unterredungen und wußte sich nicht zu erklären, was das fremde und kalte Betragen aller der Herren und Damen bedeuten sollte, die vor kurzem so viel Freundschaft und Vertraulichkeit gegen sie geäußert hatten. Natürlich geriet sie auf den Wahn, das sei eine abgeredete Sache, und der Herr von Riesental würde der Schäkerei dadurch ein Ende machen, daß er unvermutet selbst zum Vorschein käme.

Alle diese Reden bewiesen nach der Meinung der Badegesellschaft so sehr eine überspannte Einbildung, daß sie samt und sonders die Gräfin bemitleideten, die nach dem Urteil aller Anwesenden eine sehr vernünftige Frau zu sein schien und in ihren Reden und dem Gange der Gedanken nichts Ausschweifendes verriet, wenn ihre Einbildung nicht den Weg über das Riesengebirge nahm. Die Gräfin ihrerseits erriet aus den bedeutsamen Gesichtszügen, Winken und Blicken der um sie her versammelten Herrschaften, daß man sie schief beurteilte und daß man wähnte, ihre Krankheit habe sich aus den Gliedern ins Hirn versetzt. Sie glaubte, die beste Widerlegung dieses kränkenden Vorurteils sei die aufrichtige Erzählung ihres Abenteuers auf der schlesischen Grenze. Man hörte sie mit der Aufmerksamkeit, mit der man ein Märchen anhört, das auf einige Augenblicke angenehm unterhält, davon man aber kein Wort glaubt.

»Wunderbar!« riefen alle Zuhörer aus einem Munde und sahen bedeutsam den Doktor Springsfeld an, der verstohlen die Achsel zuckte und sich gelobte, die Patientin nicht eher aus seiner Pflege zu entlassen, bis das heilende Wasser des Bades das abenteuerliche Riesengebirge aus ihrer Einbildung rein weggespült haben würde. Das

Bad leistete indessen alles, was der Arzt und die Kranke davon erwartet hatten. Da die Gräfin sah, daß ihre Geschichte wenig Glauben fand und sogar ihren gesunden Menschenverstand verdächtig machte, so redete sie nicht mehr davon und Doktor Springsfeld unterließ nicht, dieses Schweigen den Heilkräften des Bades zuzuschreiben, das doch auf eine ganz andere Art gewirkt und die Gräfin aller Gichten und Gliederreißen entledigt hatte.

Nachdem die Badekur beendigt war, die schönen Fräuleins sich genug hatten bewundern lassen, den lieblichen Weihrauch der Schmeichelei reichlich eingeatmet und sich satt und müde getanzt hatten, kehrten Mutter und Töchter nach Breslau zurück. Sie nahmen mit gutem Vorbedacht den Weg wieder durchs Riesengebirge, um dem gastfreien Obersten Wort zu halten und bei der Rückreise bei ihm vorzusprechen; denn von ihm hoffte die Gräfin Auflösung des ihr unbegreiflichen Rätsels, wie sie zur Bekanntschaft der Badegesellschaft gelangt sei, die sich so wildfremd gegen sie gebärdete. Aber niemand wußte den Weg nach dem Schlosse des Herrn von Riesental nachzuweisen, noch war der Besitzer zu erfragen, dessen Name sogar weder diesseits noch jenseits des Gebirges bekannt war. Dadurch wurde die verwunderte Dame endlich überzeugt, daß der Unbekannte, der sie in Schutz genommen und beherbergt hatte, kein anderer gewesen sei als Rübezahl, der Berggeist. Sie gestand, daß er das Gastrecht auf eine edelmütige Art an ihr ausgeübt hätte, verzieh ihm seine Neckerei mit der Badegesellschaft und glaubte nun von ganzem Herzen an das Dasein des Geistes, obgleich sie um der Spötter willen Bedenken trug, ihren Glauben vor der Welt offenbar werden zu lassen.

Seit dieser Begegnung mit der Gräfin Cäcilie hat Rübezahl nichts mehr von sich hören lassen. Er kehrte in seine unterirdischen Staaten zurück, und da bald nach dieser Begebenheit der große Erdbrand ausbrach, der Lissabon und nachher Guatemala zerstörte, so fanden die Erdgeister so viel Arbeit in der Tiefe, den Fortgang der Feuerströme zu hemmen, daß sich seitdem keiner mehr auf der Oberfläche der Erde hat blicken lassen.

Erzählungen aus dem Biedermeier

Biedermeier - das klingt in heutigen Ohren nach langweiligem Spießertum, nach geschmacklosen rosa Teetässchen in Wohnzimmern, die aussehen wie Puppenstuben und in denen es irgendwie nach »Omma« riecht.

Zu Recht. Aber nicht nur.

Biedermeier ist auch die Zeit einer zarten Literatur der Flucht ins Idyll, des Rückzuges ins private Glück und der Tugenden. Die Menschen im Europa nach Napoleon hatten die Nase voll von großen neuen Ideen, das aufstrebende Bürgertum forderte und entwickelte eine eigene Kunst und Kultur für sich, die unabhängig von feudaler Großmannssucht bestehen sollte.

Georg Büchner Lenz **Karl Gutzkow** Wally, die Zweiflerin **Annette von Droste-Hülshoff** Die Judenbuche **Friedrich Hebbel** Matteo **Jeremias Gotthelf** Elsi, die seltsame Magd **Georg Weerth** Fragment eines Romans **Franz Grillparzer** Der arme Spielmann **Eduard Mörike** Mozart auf der Reise nach Prag **Berthold Auerbach** Der Viereckig oder die amerikanische Kiste

ISBN 978-3-8430-1884-5, 444 Seiten, 29,80 €

Erzählungen aus dem Biedermeier II

Annette von Droste-Hülshoff Ledwina **Franz Grillparzer** Das Kloster bei Sendomir **Friedrich Hebbel** Schnock **Eduard Mörike** Der Schatz **Georg Weerth** Leben und Taten des berühmten Ritters Schnapphahnski **Jeremias Gotthelf** Das Erdbeerimareili **Berthold Auerbach** Lucifer

ISBN 978-3-8430-1885-2, 440 Seiten, 29,80 €

Erzählungen aus dem Biedermeier III

Eduard Mörike Lucie Gelmeroth **Annette von Droste-Hülshoff** Westfälische Schilderungen **Annette von Droste-Hülshoff** Bei uns zulande auf dem Lande **Berthold Auerbach** Brosi und Moni **Jeremias Gotthelf** Die schwarze Spinne **Friedrich Hebbel** Anna **Friedrich Hebbel** Die Kuh **Jeremias Gotthelf** Barthli der Korber **Berthold Auerbach** Barfüßele

ISBN 978-3-8430-1886-9, 452 Seiten, 29,80 €